あなたがここにいて欲しい

中村 航

角川文庫
16096

目　次

あなたがここにいて欲しい

東京から新幹線に乗ると、四十分で小田原に着く。

近くて遠い街、小田原は春、桜の咲くいい季節だ。

改札を抜け、見上げると巨大な小田原提灯があった。ジャバラの部分を折りたたむことができるこの提灯を、かつて旅人は重宝した。最乗寺の杉で作ったこの提灯を使えば、道中、狐や狸に化かされる心配はない。それは安心だ。

ドーム型の天井から白い光があふれ、見上げる吉田くんの目を細めさせた。コンコースの脇には土産を扱う小さな店が並んでいて、干物やカマボコを売っている。

ここは提灯とカマボコの街、と吉田くんは思った。だけど吉田くんにとっては、ゾウとあんパンの街だ。

この駅に初めて降りたのは幼稚園の遠足のときで、季節はちょうど今頃だった。

電車を降りた吉田くんたち園児は、ホームのすみで二列に並んだ。お友だちと手をつなぎ、お姉さん先生に引率され、園児はぞろぞろと改札を抜ける。

カルガモみたいに隊列を組み、向かう先は小田原城だった。途中にカマボコの店がいくつもあって、カマボコの店がたくさんある、と吉田くんは思った。

「お城だよー」

城址(じょうし)公園に着くと、お姉さん先生が天守閣を指差した。

シロー、オシロー、と周りの園児たちが騒ぎ、これが城か、と吉田くんは思った。城址公園は広く、園児の他に人は少なかった。春の園児たちは公園内をそわそわと進み、やがて広場のようなところに到着した。

「ここで遊ぶよー」

吉田くんたちは幼稚園児だったから、遊べと言われたらすぐに遊ぶことができた。園児たちはめいめい騒ぎながら、木のまわりを走ったり、先生とおにごっこをしたりした。振り向けば、小田原城があった。四角いモチを三段に積んだような城を見上げ、これが城か、と再び吉田くんは思う。

「遊園地に行くよー」

園児たちは半分に分かれ、こども遊園地に向かった。そして豆汽車というものに乗った。

——出発進行！

豆汽車で進む途中には、トンネルや踏切があった。ちんちんちん、と、踏切が音を鳴らしてちゃんと遮断機をおろしたので、ほほう、と吉田くんはうなる。

体も心もいい具合に温まるまで遊び、やがて園児たちに集合がかかった。

「お弁当を食べるよー」

ベントー、オベントー、と空腹園児たちは騒いだ。弁当か、と吉田くんは思う。いぬまきの木の下にシートを敷き、皆は一斉にお弁当を広げる。

弁当を食べるというのは、園児にとってスペシャルなイベントだったので、吉田くんの心も少し浮いた。弁当の蓋を開けると、たわら型のおむすびが四つ入っている。

給食が苦手で、いつも全部を食べられない吉田くんだったが、その日の弁当は簡単に食べきることができた。お弁当だからなのか、遠足だからなのかはわからない。だけどそのとき食べきるコツのようなものをつかんだ気がして、吉田くんは少し誇らしい気分になった。

「動物さんをみにいくよー」

やがて満腹園児たちに、最後の指令が下りた。

園児たちは、ゆるい石段を登り、天守の方角に向かった。門をくぐると天守閣が全貌を現し、その手前に小さな動物園がある。
サルやライオンにホンモノがいる——。もう二歳や三歳の幼児ではないのだから、吉田くんは完璧にそのことを理解していた。絵やテレビとは違うリアルなホンモノを見たら、自分たちみたいな幼稚園児は、さぞかし怖れたり騒いだりするんだろうなと予想していた。だけど初めて見るホンモノは柵の向こうに寒々しく存在していて、正直騒ぐほどではなかった。ホンモノは期待していたほどホンモノっぽくなく、面倒くさそうにあくびをする。ライオンは「ライオン！」と言うほど獅子ではなく、サルは「サル！」と言うほどモンキーではない。

しかしながら一頭だけ、そうではない動物がいた。その圧倒的なホンモノの迫力に、吉田くんの度肝は根こそぎ抜き取られた。

「ゾウさんだよー」

お姉さん先生は右前方を指差す。指の先に柵があり、柵の向こうには壕のような溝がある。その向こうのコンクリート上で、ゆらり、ゾウが体を揺らした。

ゾウー、ゾウー、と園児たちは騒いだ。遠くの舎で、キジが、けええええ、と鳴き声をあげる。

こ、これがゾウか、と、電撃を浴びたように吉田くんはびりびりした。幼稚園児に換算すると五十園児分くらいの質感を、そのゾウは放(はな)っている。

　コンクリートの上を徘徊(はいかい)するように、ゾウは独特な動き方をした。モノトーンでしわだらけなゾウは、絵本なんかで見るファンシーなそれとは随分(ずいぶん)違っていた。ゾウにはちゃんと生きた目がある。その目は吉田くんを、じっと、見さえする。

　ゾウがこっちに向かって鼻を上げたとき、吉田くんは、その巨大さにあらためてたじろいだ。ゾウは幼稚園児が、どうこう言っていいような存在ではない。円筒形の四本の脚が重量感のある体をずっしりと支えていて、けれどもそれらは案外滑らかに動いた。躍動感さえある。

　これがゾウ……、吉田くんは痺(しび)れるようだった。

　大きな耳も長い鼻も、脚も腹も、甘いものではない。ゾウは幼稚園児やお姉さん先生やその他の人間が、どうこう言っていいような存在ではなかった。

　電力に換算すると、三百ギガワットくらいだと思う。それは園児のやわらか頭に、春の雷撃が落ちたような衝撃だった。

　そして楽しい春の遠足は終わった。家に戻った吉田くんは、泥のように眠る。

　次の日、登園した園児たちに、新しい指令が下った。

「みんな、遠足の絵を描くよー」

活発で可愛らしい園児Aは、弁当を食べる自分たちを描いた。戦隊モノが好きなBはライオンを描き、おちゃらけ者のCはサルを描いた。乗りモノ好きなDは豆汽車を描き、孤高のEは何だかよくわからない抽象画のようなものを描いた。

吉田くんは城とゾウの絵を描くことにして、クレパスを握りしめた。己が受けた衝撃を、白い画用紙に叩きつけるつもりだった。甘い気持ちで描くつもりなどなかった。

だけど十分くらいが過ぎ、吉田くんはがっかりしてしまっていた。画用紙の上で形を成したものは、ぺらぺらのニセモノだった。何だこんなもの、と吉田くんは思う。

幼稚園児にはまだ写実は難しすぎる、と、自分をなぐさめるように思った。鼻を長く描きすぎたのも失敗だった。吉田くんはしょぼーんとした。

「ゾウさんの背中に、お城が乗ってるねー」

だけど優しいお姉さん先生に言われて、それに気付いた。意図したわけではないのだが、絵のなかで、ゾウは確かにお城をしっかりと背負っている。ニセモノのゾウが、ニセモノの城を背負って、ニセモノの鼻を揺らしている。

「ナオ君は絵が上手だねー」

と、先生は言った。それから優しい目で、吉田くんを見つめる。

なぐさめなど要らぬ、と吉田くん（名は直人）は思った。

吉田くんに今必要なのは、写実の技術だった。

それを教えてくれよ先生、と思っていた。


それ以来、吉田くんにとって、ゾウと城は一つのセットになった。

だけど、ちょっと考えればそうではないことがわかって、ゾウと城のセットなんて世界的にも珍しいんじゃないだろうか、と、考えが及んだのは高校生になってからのことだ。

小田原の高校に通うようになった吉田くんは、よく城址公園で時間をつぶした。

幼稚園の頃と違っていたのは、ライオンがいなくなっていたことだった。サルとゾウと、その他、キジやクジャクはあの頃と同じようにいた。

松の木の下のベンチに座り、吉田くんはゾウを眺める。

それは間違いなく、あのときのゾウだった。十年ぶりのゾウはあの頃のままで、見上げる小田原城もあの頃のままだ。十年前と同じようにゾウは動き、十年前と同じように鼻を上げる。

ゾウが孤独に鼻を揺らしている間に、吉田くんは成長して随分大きくなった。体重で言うと六倍くらいになったかもしれない。だけど今、画用紙を前にしても、やっぱりホンモノのゾウは描けなくて、ただそんなものは描けないんだと認識できるようになった。

吉田くんは毎日のように城址公園に通った。

ベンチに座って、守谷のあんパンを食べながらゾウを眺める。吉田くんとゾウは、同じ時間のなかで、同じ風に吹かれて、同じ季節を感じる。

吉田くんは十六歳で、ゾウはもう五十歳を超えているという話だった。吉田くんはいつも一人で、ゾウも一頭だった。サルだけが毎年春になると、頭数を増やしていく。

小田原城は戦国時代に北条氏が居城とし、関東支配の拠点となった。豊臣秀吉に攻められたときは、三ヶ月にわたる籠城戦の末、無血で開城した。江戸時代、三百年の太平を経て、明治三年に廃城された。

その後いつからか、ここは公園として整備されてきた。ゾウと城は、あるときからセットになり、五十年あまりをコンビのように過ごした。

だけど、これからはどうなんだろう……。

ここはとても古くて、小さくて、箱庭みたいな動物園だ。入園料も取らず、気の利いた演出もなく、一頭だけいたライオンも知らないうちにいなくなった。大型動物はゾウが一頭で、あとは集客力のなさそうな小動物が数種いるだけだ。

きっとこの一代限りで、ゾウもいなくなる——。

そのことは予感というより、暗黙的な了解のようなものに感じられた。

時代から取り残されたように、ゾウは何十年も生きた。いろいろな人に愛され、柵のなかを徘徊し、沈黙し、暗黙的な諦めに包まれながら生き続けた。

ゾウが愛されていることは、吉田くんの座っているベンチからでもよくわかった。散歩中の老人や、ベビーカーを押す母親や、遠足でやってくる小学生は、それぞれの表情でゾウを見つめ、ときに何かを話しかけた。何も知らない観光客は、ゾウがいることに驚きの声をあげる。

いつだってゾウは愛されていた。きっと何十年も前から、そしてこれからもずっと。舎に寄り添うように眠るゾウを眺めながら、吉田くんは祈りたいような気持ちになった。だけど一体、何を祈ればいいんだろう……。

やがて吉田くんは高校を卒業し、大学生になった。

東京で暮らし始めると、ゾウのことは忘れてしまった。ときどきカマボコやあんパンを見ると小田原を思いだしたけど、一人暮らしの大学生にはそれらを見る機会があまりないのだ。

「カマボコをください」

今、陳列台の一画を指差し、吉田くんは言った。カマボコを買うなんて生まれて初めてかもしれないな、と考えながら。

三年ぶりに小田原駅に降りた吉田くんは、発作的にその行動を起こしていた。何故、カマボコなんて買おうとしたのかはわからない。だけどまあ、又野君へのお土産にすればいい。又野君に会ったら、まずこれを渡そう。

愛想良く返事をした店員が、商品を袋に入れてくれた。レジを打つ店員の手つきを眺めながら、吉田くんは久しぶりにゾウのことを思う。ゾウはまだ、城と共にあるんだろうか……。老いたゾウはまだ、城の前で鼻を揺らしているんだろうか……。料金を支払いながら、吉田くんはだんだん心配になってきた。ゾウがもしいなかったら、どうしよう……。

城に行かねばと、商品を受け取りながら考えていた。又野君のところに行く前に、城址公園に寄ろう。商品をリュックに詰めながら、吉田くんの心は急いていた。城址公園へ――。三年ぶりの小田原城へ――。

店員にお礼を言い、吉田くんは山吹色のリュックを背負いなおす。振り向いて歩きだし、人混みを避けながらコンコースを抜ける。駅を出たら右にまがり、城址公園への道を、まっすぐに進む。

最後にゾウを見たのはいつだったろう、と、吉田くんは考える。

特別な日ではなかったと思う。最後ということは、高三の冬だ。冬……。寒かった日の公園の記憶……。ピンク・フロイド……。

ある日の記憶が、頭の中でぼんやりと像を結んでいく。

多分、午後の早い時間だったと思う。テスト明けか何かだったかもしれない。ベンチに座った吉田くんは、いつもと同じようにあんパンを食べていた。

食べ終わると、周りに人がいないことを確認し、ハイライトに火をつけた。寒さのために息が白く、それが煙草(たばこ)の煙と混ざって、いつもより盛大な白煙になる。

耳にはイヤホンがあった。学生服の内ポケットから上に伝ったコードが、アゴの下で二手に分かれ、両耳へと延びている。

ピンク・フロイドの「Have a Cigar(葉巻はいかが)」。

大音量が、吉田くんと外界を完全に遮断していた。煙草を吸い終わると手が冷たくて、ポケットに手を突っ込む。

吉田くんは一人、音楽の中に閉じ籠(こ)もっていた。音楽の内側でベンチにもたれ、ゾウを眺めながら、白い息を吐き続ける。

やがて音は小さくなり、新たにギターの旋律(せんりつ)が立ち上がった。その上に、優しく泣くような、生ギターが重なる。

「Wish You Were Here(あなたがここにいてほしい)」。

ブルース・フィーリングに満ちた、ギルモアの優しげなギタープレイが、吉田くんの胸の奥の、その奥のほうを撫(な)でる。当時、吉田くんはプログレッシブ・ロックに心を奪われていた。

音楽って何だろう、とときどき考える。

音ってのは周波数と波長で表すことができる単なる波だ。空気という媒質の『疎(そ)』と『密(みつ)』、その現象の進行が音の全(すべ)てだ。

音楽という名の『疎』と『密』の繰り返しは、ときに吉田くんの情感を揺さぶり、ときに頭のなかに壮大な世界を構築する。ゆらり、ゾウは鼻を揺らす。


あなたがここにいて欲しい……。


白い息を吐きながら、高校生の吉田くんはゾウを見つめた。

インドで生まれたゾウは……、と音楽の内側から思う。こんな日には寒くないのだろうか……。ゾウはいつもと同じようにゆっくりと動く。

やがて曲は「Shine On You Crazy Diamond(クレイジー・ダイアモンド)」に変わった。

こうしていると、ゾウと自分だけが音楽の内側にいるような気がした。小田原のヌシみたいな一頭のゾウと、心を閉ざした学ラン高校生。この二つの存在だけが、狂ったダイアモンドの内側で呼吸をしているような気がした。

それがゾウを見た最後の記憶だ。

あなたがここにいて欲しい……。

城址公園に向かう、吉田くんの足は急いていた。

ゾウの寿命はかなり長く、百歳近くまで生きるケースもあるらしい。あのゾウは、と、足を速めながら思う。

正確な年齢は知らないけど、かなり老齢のゾウだった。そもそも幼稚園の遠足で初めて見たとき、既(すで)に老ゾウだったと思う。人の群れを追い越しながら、吉田くんは進む。

高校前の交差点を右にまわると、公園入口はすぐそこだった。

北入口を抜け、「ようこそ」の看板のかかった陸橋(りっきょう)をくぐり、城址(じょうし)公園に入る。顔を上げると、三年ぶりの小田原城が木々の隙間に見える。

咲いた桜がもう、散り始めていた。ピンクの花びらは、うろつくハトの足下を舞っている。公園内の人々は、どこか華やいだ顔で、それぞれの何かに興じている。

ソメイヨシノは、と、吉田くんはどこかで聞いた話を思いだした。

この桜はもともと、一本だけ生まれたものを接ぎ木で増やしてきた。だから世界中のソメイヨシノに親子関係はないし、兄弟関係もない。彼らは遺伝的な性質がまったく同じクローンで、だから同じ場所にあれば見事に一斉に花を咲かす。

自分の分身がそこかしこで花を咲かすというのはどんな気分か、と吉田くんは思った。ソメイヨシノの魂は接がれ、増殖し、美しい花を一斉に咲かす。そして一斉に散る。

桜のアーチを抜け、人の流れに沿って吉田くんは進んだ。ゾウ舎はもう、すぐそこだった。城を右手に角をまがり、最後に緊張しながら桜の合間をのぞいた。

……。

視線の先には柵があり、柵の向こうには壕のような溝があった。その向こうの一段高いコンクリートの上だった。

ゾウさんだよー。

お姉さん先生の声が聞こえた気がした。

いる……。昔、お姉さん先生が差した指の先、その先に、ゾウは今も静かにいる。かつていた場所に、当たり前のようにゾウは存在する。一瞬の驚きが安堵（あんど）に変わり、やがて喜びへと変わる。

城と老いたゾウ——。それは奇跡のコントラストだった。盛りを終えた桜が、このコントラストを祝福している。

人のざわめきや、ハトの鳴き声が、公園全体を包んでいた。人々はゾウを愛し、散る桜を惜しんでいた。ゾウやゾウが象徴する全てを、この空間は大切に慈（いつく）しんでいた。

吉田くんは空いたベンチを探す。探したけどなかったので柵の前に立ち、ゾウを眺め続ける。水場では春のスズメが、水浴びをしている。

ゾウが自分の代わりに、城を守っていてくれた——。何故（なぜ）だか吉田くんは、そんなふうに感じていた。ゾウはこの場所で守り続けていてくれた。城や、あるいは城じゃない何かを——。

ゾウはこの街で一番の巨体を揺らしながら、大切に守り続ける。園児だった吉田くんの魂（たましい）や、揺れ動く高校生の自我。お姉さん先生の小さな夢や、園児AやBやCやDやEの魂。散歩に来る老人の遠い記憶や、プログレッシブ・ロックの魂。吉田くんは胸を熱くしながら思う。

大抵の思いや、大抵の言葉や、大抵の旋律は、忘れ去られてしまう。思いは言葉になる前に、言葉は伝わる前に、旋律は口ずさまれる前に消える。確かにあったものも、確かにあろうとしたものも、捉えどころなくとどめられたものも、継がれることや接がれることなく、やがて等しく消えてしまう。

だからそういうもの全てを、このゾウは守り続けていてくれた。

この街の最後のヌシとして。ゆっくりと鼻を揺らし、市民に愛されながら――。

あなたがここにいて欲しい――。

前のめりに柵にもたれ、吉田くんはゾウを眺め続けた。ゆらり、ゾウは揺れるように動く。遠くでキジが、けえええええ、と鳴き声をあげる。

ゾウ舎の左では、子供が何か奇声をあげていた。そちらに目をやると、子供の父親らしき人が、うどんを食べている。それを見て、ふいに気付いたことがあった。

今日、朝起きてからの第一声が「カマボコをください」だったこと。今日という日は「カマボコをください」で始まる一日だったこと。

だけどカマボコなんかはどうでもよくて、大切なことを吉田くんは思いだしていた。自分は高校生のとき、いつもあんパンを食べながらゾウを眺めた。今ここに必要なのはカマボコじゃなくてあんパンだ。自分は大至急、守谷にあんパンを買いに行かなければならない。

吉田くんの家はもう神奈川にはないし、この街には高校のとき通っただけだった。だからこの土地にそれほどの思い入れはなかった。

だけど吉田くんは、守谷のあんパン以外をあんパンと認めてこなかったし、これからだって認めない。小田原の誇る守谷のあんパンは、野球の硬球みたいな形で、手に持つとずしりとくる。他の量産型あんパンとは、あんの重みが違うのだ。

早く買いに行って確認しなきゃならなかった。守谷の魂は保たれているのか？　そのあんは今でも、矜恃（きょうじ）と共に練り上げられているのか？

守り続けなければならないものは、吉田くんにだって少しくらいはあった。

ベンチであんパンを食べて、食べ終えたら又野君に会いに行こう、と思っていた。

◇

「カマボコがあるんですけど、食べますか？」

「カマボコ？」

振り向いた舞子さんが、不思議そうな顔をした。

夕方の六時を過ぎ、大学の研究室には、吉田くんと舞子さんだけが残っていた。二人はそれぞれのＰＣに向かい、それぞれの作業をしていた。

この研究室で、吉田くんは『異種材料における重ね合わせ接着部の強度解析』をテーマに研究している。舞子さんのテーマは『シミュレーションによる振動解析』だ。

「小田原土産なんです。美味しいと思いますよ」

吉田くんは山吹色のリュックから『鈴廣の蒲鉾』の包みを取りだした。舞子さんはそれを見つめ、そのあと吉田くんの顔を見る。

ちょうどそのとき、六時半を告げるチャイムが鳴った。「夕焼け小焼け」のメロディーが、二人だけの研究室を通り過ぎていく。

「食べますか？」

「うん」

舞子さんは笑顔になっていた（それは吉田くんの好きな丸い笑顔だ）。

「じゃあ、私はお茶を淹れる」

「はいー」

吉田くんは素早く立ち上がり、研究室を出た。

研究室には電気ポットが置いてあって、お茶やコーヒーを淹れることができた。カップラーメンを作る者もいるが、それ以上のことはできない。だから吉田くんは棟のすみにある給湯室に向かう。

給湯室で、まずは丁寧に手を洗った。カマボコのパッケージを剥き、常備してある紙皿を取り出す。

そこに包丁の類はなかったが、吉田くんは困らなかった。こんなときのために、吉田くんはいつもキーホルダー型の五徳ナイフを持ち歩いている。小指の大きさくらいのそれからは、「栓抜き」「缶切り」「小型ナイフ」「ハサミ」「やすり」といった、五つの力を引きだすことができる。

小型ナイフを熱湯で消毒し、吉田くんは一口サイズにカマボコを切った。口笛を吹きながらカマボコを並べ、楊枝を刺す。

研究室に戻ると、舞子さんがお茶を淹れて待っていてくれた。

緑色の絶縁シートが張ってある大きな作業机の前、舞子さんの斜め右に吉田くんは座る。

どうぞ、と言って二人の間に、紙皿を置く。

「これは……」

舞子さんはカマボコを凝視し、そのあと吉田くんを見た。

「……どうやって切ったの？」

「これです」

吉田くんは舞子さんに五徳ナイフを見せた。

人生は予測できないものです――。保険会社の営業員のように吉田くんは説明した。生きていると、急にカマボコを切るシーンに出くわすことがある。チクワやハムを切ることだってあるかもしれないし、突然缶を開けなきゃならないこともあるかもしれないし、栓を抜きたい場面や、何かを磨きたい場面に出合うかもしれない。そういうことが何時あってもいいよう、常にこれを持ち歩いているんです。

簡単なことなんですよ――、と、吉田くんは舞子さんをしっかり見て言う。これを持っているだけで、人間の機能は五つ増えるんです――。

「へえー」

舞子さんはまじめな顔をして、吉田くんの目を見る。

縁がくっきりとしていて、吸い込まれるような黒目だった。吉田くんはそれを見るといつも、何か特別なものを見た気になって、どきどきするのだ。

やがて舞子さんは目を伏せ、カマボコをつまんだ。それから小さな声で、美味しい、とつぶやく。

「小田原には、どうして行ったの？」

「又野君に会いに行ったんです。結局会えなかったんだけど」

「又野君？」

「ええ。古い友だちなんです」

又野君は幼稚園のころからの友だちだった。二年くらい前に電話で話をしたけれど、一年前にかけた電話は通じなかった。又野君はああいう人だからと、あまり気にしなかったのだが、今年に入ってから急に気になってきた。それからできるかぎりの方法を試してみたけど、連絡はつかない。

昨日、又野君の家を訪ねるつもりで、三年ぶりに小田原に行った。吉田くんは又野君こそ、小田原最後の正統なヤンキーだと信じている。

「又野君はヤンキーなんだけど、頭がいいんです。シューティングゲームが好きなんだけど下手くそで、でもケンカは強いんです。一年くらい前から連絡が取れなくなって、」

吉田くんは連続してカマボコをつまんだ。

「これも本当は又野君に渡すつもりだったんだけど、アパートの表札は違う人の名前になってました。又野君はもう小田原にいないんです」

「ふーん」

又野君はもういない、そう思ったらまた悲しい気持ちになった。もしかしたらもう一生、会うことはないかもしれない。そういうことは案外、簡単に起こってしまう、と、東京に出てきて三年になる吉田くんは知っている。

二人しかいない研究室で、ぶーん、とPCのファンがうなった。気付けば舞子さんも悲しそうな顔になっていて、吉田くんは慌てた。

「だけど、ゾウはまだいました」

城址公園の老いたゾウについて、吉田くんは語った。熱く語った。ゾウと城の奇跡的なコントラストについて。ゾウの巨大さについて。桜がきれいだったことについて。

吉田くんは何故だかいつも、舞子さんの前では饒舌になった。どうしてなんだろう、と、話しながら思う。

「それから、久しぶりに大雄山線にも乗りました」

「大雄山線？」

「ええ。三両編成の電車なのに、五人しか乗ってないんです。小田原の次は緑町なんだけど、ごとんって電車が出発して、ごとんって止まったらもう緑町です。緑町の駅からは、小田原駅の売店が見えますからね。あんな近い駅って他にないんじゃないかな」

話しながら、小学六年生のときのことを思いだしていた。

吉田くんは又野君と一緒に、プラモデルを買うためはるばる小田原へ行った。だけど狙っていたものは買えなくて、落胆しながら帰路についた。

「電車とどっちが先に緑町に着くか、競争しよう」

駅の前まで来たとき、突然、又野君が言った。こんなところまでやって来て、何かをせずには帰れない、という気持ちだったんだと思う。

二人は商店街を進み、駐車場のすみから線路をのぞいた。停車中の列車の先頭が、そこからは見えた。「ここをスタート地点にしよう」と、又野君は言う。

線路の横から電車をにらみ、二人はスタートの時を待った。小田原発の電車は、ドアを開けたまま長くとどまっている。先頭に運転士が乗り込むのが見える。

発車のベルが鳴り、アナウンスの音が聞こえた。その音が途切れた瞬間、フライング気味に又野君は飛びだした。

商店街の一本道を、又野君は疾走した。その背中を吉田くんは必死で追いかけた。

ひまわり美容室の隣で路地に突入し、人家の合間を二、三回まがり緑町駅に向かった。途中で一回だけ、又野君は吉田くんを振り返った。

緑町駅に着いたとき、去っていく電車が見えた。惜しかったんだけど、電車には勝てなかった。はー、はー、はー、はー、と二人は息を継ぐ。

又野君はくやしそうにしていた。「中学になったら勝てるな」と言いながら、小さくなった電車を見る。無人の緑町駅には乗車票を発行する機械があって、そこから二枚抜き取って二人は次の電車に乗る。

もし又野君一人だったら勝っていたんじゃないか、と、大学生の吉田くんは思い返す。だけど、と思う。又野君はもういない……。

吉田くんはカマボコをつまみ、ずずっとお茶を飲んだ。美味しかった。自分で淹れるより、舞子さんが淹れたほうが美味しい気がするのは何故なんだろう、と思う。

「帰りに電車から太陽が沈むのを見たんだけど、きれいだったな」

「へえー」

アパートを訪ね、又野君の家がもうそこにはないことを知り、傷心の吉田くんは帰りの大雄山線に乗ったのだった。又野君はもういない、と、悲しく思いながら電車に揺られた。なのに車窓から見えた太陽は、あきれるほどにきれいだった。

「太陽が赤くてですね、何だかぐっときました」

「へえー」

「普通なんですけど」

「うん」

にこにこと笑う舞子さんを見て、吉田くんは少し緊張を覚える。

「何かですね、」

「うん」

「……」

続きの言葉を探して、吉田くんの思考は宙をさまよった。

吉田くんは伝えたかった。あの太陽を見たとき感じた、何かを解決したような、けれども淡くてとても儚い感覚を、舞子さんにわかってほしかった。だけどそんなこと……、一体どんな言葉で……、伝えればいいんだろう……。

あの感覚——。

電車の中、吉田くんは半分まどろんでいたのだった。五百羅漢の駅を過ぎ、ゆるいカーブにさしかかったあたりのことだ。少し傾いた列車内が、朱の光線に染まった。外を見ると、橙色の太陽が沈んでいくところだった。

まどろみは、ゆっくりと醒めていった。山の稜線が滑らかで、きれいだった。家の屋根や田んぼや山は、黄金色に輝いている。三両編成の電車はごとごとと進む。

ああ、と吉田くんは思った。世界はこんなにも確かで、こんなにも美しい——。

そう思ったことが、心のどこかに、かちり、とはまった気がした。いつになく世界がリアルに思えて、吉田くんはどきどきとした。だけどその感覚は、ふっと吹けば消えてしまうように儚い。

「美味しかった。ありがとう」

と、舞子さんが言った。

「……うん」

吉田くんは残ったお茶を飲んだ。一切れだけ残っていたカマボコを、最後につまむ。食べたあとを片付けて、舞子さんはPCの前に戻った。吉田くんも腰を上げ、それに続く。もう少ししゃべりたかったけど、吉田くんには伝える言葉がなかった。ゼミの月次発表の資料を作るため、まだまだ作業は残っている。

席に戻ると、PCの画面が暗転していた。↓のキイを叩く(たた)と、ワークシートが再表示される。

吉田くんは画面を見つめた。そこには二ヶ月かけて測定した一万行にわたる応力のデータが並んでいる。顔を上げれば、研究室の右すみに舞子さんの後ろ姿が見える。

僕らはカマボコなら分かちあうことができる、と、吉田くんは思った。

だけど自分には他にも分かちあいたいものがあって、それは多分、説明では伝えられないものだ。吉田くんはまた、昨日見た光景に思いを巡らせる。

目を閉じれば、記憶はすぐに像を結ぶ。沈もうとする太陽や、山の連なりや、光る空気の色や形を、吉田くんは思いだした。柔らかなシートの感触や、頬を寄せた窓ガラスの温度や、伝わってくる電車の振動だって、思いだすことができる。

だけどあの感動に似た何かは、心の芯に甦らなかった。それはつかめそうでつかめない位置に、たわたわと漂っている。

感覚は模糊として、言葉で表せるものは随分限られていた。つかまえたと思っても、それらはいつのまにか消えてしまう。だからせめて願うのかもしれない。仮定法過去を用い、祈るような気持ちで願うのかもしれない。

——あなたがここにいて欲しい（Wish You Were Here.）。

閉じた目をゆっくりと開き、吉田くんはワークシートに視線を戻した。そこでは応力のデータが、解析されるのを待っている。視線を動かせば、舞子さんの背中が見える。言葉はうまく届けられないけれど、すぐそこに見える。

吉田くんと舞子さんが初めてしゃべったのは、二ヶ月くらい前のことだった。ゼミの顔合わせで、お互いの顔と名を認識し、そのあとみんなで飲みにいった。

ゼミのメンバーは乾杯をし、それぞれ簡単に自己紹介をした。男十一名。女三名の新しいゼミ生に、三名の院生に、一名の教授。ほとんどは同じ学科の人間だから、名は知らなくとも顔はわかっていた。

十八人が集まった飲み会は、盛況となった。教授は形状最適設計について熱く語り、先輩たちは研究室での上手な立ちまわり方について語る。新しいゼミ生は、それぞれに頷いたり、質問したりしながら、これから一年間の自分のポジションを探る。

やがて飲み会も中盤を過ぎ、それぞれに酔いもまわり始めていた。メンバーは自然と小さな島に分かれていく。

教授を中心に、就職に関して語り合う島があった。その隣には愛するモビルスーツについて語る島があり、その隣には愛するフットボールチームを語る島があった。遠くには悩み相談島もあるし、マンガ島もある。次第に鼻息が荒くなってきたモビルスーツ島から抜けだし、吉田くんはトイレに行く。

戻ってくると、一番端の席に舞子さんが座っていた。舞子さんはさっきまでソフトエロ島のあたりにいたと思うのだが、賢明にも抜けだしてきたようだった。

　舞子さんの前に吉田くんは座る。

「乾杯しましょう」

　と、吉田くんは言った。

「こっそり乾杯すればいいんですよ」

　ふわふわとした酔いが、頭の半分を満たしていた。

「我々は何回でも乾杯すればいいんです」

　ええそうです、と吉田くんは三回くらい繰り返した。

「乾杯するだけが人生ですよ」

　楽しげに笑う舞子さんとグラスを合わせ、二人は小さな島を作った。

　酔っぱらってるな、と思いながら、吉田くんは滑らかにしゃべった。どうでもいいことだな、と思いながら、己（おのれ）の出自をべらべらと語った。

　出身が南足柄（みなみあしがら）市であること。小三のとき盲腸の手術をして、中学では腕を骨折したこと。高校一年の夏から小田原で一人暮らしを始めたこと。そのとき家族は九州に引っ越したこと。昨年ひいた風邪が、なかなか治らなかったこと。

「南足柄……」

舞子さんはジョッキを傾けてビールを飲んだ。その仕草が何だか優雅なのに、吉田くんは感心していた。寄せては返す静かな波みたいだ、と思った。

「南足柄市と北足柄市は、何が違うの？」

「北足柄市ってのはないんです。ちなみに西も東もありません」

「足柄山ってあったよね？」

「ええ。昔、金太郎が熊を相手に、相撲(すもう)の稽古(けいこ)をしました」

舞子さんがまたビールを飲んだので、吉田くんは素早くその姿を観察した。それはビールを飲むという行為ではなく、ビールを飲むという現象に近いと思った。たおやかという言葉が似合う、優雅で素敵な、ゆったりした現象だ。

「舞子さんは東京生まれなんですか？」

「ううん。岡山」

「岡山かー」

岡山といえば桃太郎だから、吉田くんは勝手に運命を感じた。

「あっちは桃太郎が有名ですよね」

「うん」

「だけど桃太郎ってのは、桃から生まれたんですよね」

吉田くんは半笑いで言った。

「そうらしいよ」

舞子さんはにこにこと笑う。

「じゃあですね、桃太郎と金太郎では、どっちが強いと思いますか？」

「そりゃあ、桃太郎でしょ」

ふふん、という感じに吉田くんは笑った。

「舞子さん」

と、吉田くんはゆっくりその名前を発音した。呼んでから、その呼び方はこの人にぴったりだな、と思った。

「舞子さんが故郷の英雄を愛する気持ちはよくわかります。だけどそればっかりは、ありえないことです」

「いやいや。だって、桃太郎は鬼を退治したんだよ」

「ええ、確かに彼はやるときはやる男です。いつだって計画的だし、将来性もあり、鎧で武装もしています。だけど、素手による一対一の勝負で金太郎に勝てるわけはありません。もし戦ったなら、彼は金太郎に投げ飛ばされ、おばあさんの元に泣いて逃げ帰ることでしょう」

「ええー」

と、舞子さんは不満気な声をあげた。

「だけど桃太郎には家来がいるよ」

「わかります」と、吉田くんは言う。

「確かに彼は、犬やキジやサルをダンゴで買収したかもしれません。だけど金太郎はもともと、山のみんなと友だちなんです。友情はキビダンゴでは買えないものです」

「……そっか」

「すいません。桃太郎のことを悪く言うつもりはないんです」

舞子さんは顔を伏せ、グラスを見つめた。

「……でもさ」と、舞子さんは顔を上げた。

「金太郎ってアレでしょ。赤い腹掛けみたいなのしてマサカリかついでるんだよね」

「ええ。まあ、だいたいはそうですね」

「髪型とかほら、カッパみたいな感じだよね？」

「そうですね」

「あのね、」

舞子さんは、ふふふふという感じに笑う。

「桃太郎のほうが金太郎よりモテると思うよ」

「そ」

んなことはありません、という言葉を吉田くんは飲み込んだ。驚愕（きょうがく）の新事実だった。その視点は今まで持ったことがなかった。

「……そうかも、しれません」

吉田くんは落胆していた。マサカリかついだ半裸の男は、確かにあまりモテなそうに見える。吉田くんは重要な真実に気付いてしまった。

いかなる力自慢もいかなる優しさもモテなければ色あせて見える。いかなる怪力もいかなるカリスマ性もモテなければ色あせて見える。

「でも金太郎も可愛いと思うな、私は」

なぐさめるように、舞子さんは言った。

「……ありがとうございます。桃太郎も金太郎の次に強いと思います」

静かに乾杯をして、二人はまた話を続けた。

金太郎が実在の人物であること。もうすぐ春だね、ということ。なのにまだ寒いね、ということ。どうしてこの研究室を選んだのかということ。就職活動の進捗（しんちょく）のこと。取りこぼした単位のこと。人生最大のモテ期は、新生児の頃だということ。

「すいません。一本吸います」

吉田くんはハイライトを取りだし、火をつけた。

女性と一緒のとき、吉田くんは一本だけ煙草を吸うことを自分に許していた。煙草なんて文明人の吸うものじゃないけど、品行方正で爽（さわ）やかな男子を目指す吉田くんの中に、せめて又野君の魂を残しておきたかった。

珍しいモノを見るように、舞子さんが吉田くんの手元を見つめる。

「何か似合うね」

「似合う？」

「そのハイライトってやつ。パッケージが吉田くんに似合う」

似合わないと言われたことはあったけど、似合うと言われたのは初めてだった。

「でも、煙草はやめたほうがいいよ」

「わかりました」と、吉田くんは言う。「機会がきたら、きっぱりとやめます」

「機会って？」

「何だろう……」

「失恋とか？」

「いや」

吉田くんは上空に向けて煙を吐き、火を消した。

「多分、代わりに何か大切なことを始めるときだと思います」

「へぇー」

舞子さんは吉田くんを見て、ちょっと笑った。

笑い顔の、頬からアゴのラインにかけてが、完全な丸だと思った。それは限りなく、真円に近い。Ｒ０・０４Ｍくらいのパーフェクトな曲線——。

ずっとその曲線を眺めていたかったけど、フットボール島の向こうで男が会費を徴収し始めていた。そろそろ解散だと、男は、皆に告げてまわる。

愉快な時間は、すぐに終わってしまう——、と吉田くんは少し悲しくなってしまった。それを悟られないようにしながら、財布から四千円を取りだす。皆はこういうとき、悲しくなったりしないのだろうか、と思う。

帰り際に舞子さんが、じゃあね、と笑いかけてくれて、そうかと気付いたことがあった。多分こういうときのために笑顔があるのだ。舞子さんの笑顔を反芻(はんすう)しながら、吉田くんはいい気分で部屋に戻る。

その日見た舞子さんの笑顔は、長らく瞼(まぶた)に焼き付いて離れなかった。思いだしては、吉田くんは小さく感心する。その丸さがとても貴重だと思った。

以来、吉田くんは舞子さんに特別な注意を払うようになった。研究室で会って、その丸さを見ることができると、とても嬉しかった。

どうして彼女は僕に対してこんな素晴らしい笑顔を見せてくれるのだろう、と、吉田くんは疑問に思う。しかしよくよく観察してみると、舞子さんは誰に対しても、同じくらいの感じよさで振る舞っている。教授や友人、吉田くんが苦手とするサザナミに対しても、感じよく振る舞っている。

ああ、と吉田くんは思い、いやいや、と気を取り直した。実際、そのことはとても素晴らしいことだった。

世界は愉快で平和であってほしい、吉田くんはそう思う。考えてみればそのために、まず一番にすべきことは、感じよく振る舞うことだ。他人に対して、世界に対して、感じよく振る舞うことは、正の連鎖しか生みださない。それは世界三大美徳の一つに入るくらい尊いことだと思う。

だけど本当に感じよく振る舞えている人が、身のまわりに何人いるだろう。舞子さんはそれだけで凄い人なんじゃないだろうか……。

吉田くんはほとんどの他者に対して心を開かず、ただ感じのよい人や物事に、甘えているだけなのかもしれなかった。感じの悪い青年として、知らず知らずのうちに、世界の淀みや殺伐とした事象に、加担してしまっているのかもしれなかった。

――ポーン、ポーン。


廊下の消灯を告げるチャイムに、気付けば十時を過ぎていた。

ワークシートではさっきから応力のデータが、解析されるのを待っている。研究室の右すみで、舞子さんが伸びをする。

「ねえ、そろそろ、帰らない？」

感じのいい声で舞子さんは言った。

「……うん」

データ処理はほとんど進んでいなかったけど、吉田くんは作業を終えることにした。こんなものは、また明日、朝早く来てやればいい。

舞子さんと一緒に研究室を出て、駅まで歩いた。その日、二人は初めて一緒に帰った。嬉しかった。吉田くんはその日を、カマボコ記念日と定めた。

◇

その日（カマボコ記念日）から、二人はときどき一緒に帰るようになった。二人は研究室に最後まで残っていることが多かったし、帰る方向が同じということもあった。一緒に帰るというのは、単に電車に乗って一緒に帰るということで、それ以上の何かではなかった。だけど一緒に帰った日とそうでない日は、吉田くんにとって違う一日だ。研究が忙しくなるにつれ、一緒に帰る頻度は増えていった。やがて朝に顔を合わせると、今日は何時に帰るつもりか、ということを話すようになった。

珍しいパターンだな、と吉田くんは思っていた。こういうことは、今までの吉田くんには、あまり起こらないことだった。いや、全く起こらなかったと言ってもいい。

だから吉田くんに油断はなかった。勝手に舞い上がってはならない。舞子さんは世界に対して感じがいいわけで、僕に対して感じがいいわけではない。

だけど電車のなかで話をするのは、とても楽しかった。部屋に戻っても、しばらく楽しい気分が続くほど。

一人の部屋で、舞子さんのことを考えた。彼女の手の白さや、笑顔の形や、声の響きや、頬の丸さを思い、吉田くんはふやけた気分になる。

しかし油断するな、と吉田くんは考える。慎重に、油断せず、現実とはしっかり切り離して、吉田くんは少しだけ妄想した。舞子さんと分かちあえるもの。それらが少しずつ増えていくこと——。

二人が分けあえるのはカマボコだけじゃなかった。楽しいものや、優しいものや、美しいものや、確かなもの。舞子さんとなら、同じものを見て、同じものを創って、同じものを愛おしいと感じて、それを言葉で伝えて。互いの思いに共感すれば、互いが共感していることがとてもわかって——、

そんなことを考えていると、頭の奥がとろん、と溶けていくような気がした。

そして吉田くんは、図書室でのことを思いだす。

図書室の思い出は、完璧な光景として吉田くんに残っていた。その光景のことを思うと、気持ちの底のほうがあたたかくなった。吉田くんにとっては原風景のようなそれを取り戻すことこそ、己の生きる目的のように思える。

図書室のことを思いだすことは、吉田くんにとって全てを思いだすことだ。始まりは小学四年生のときのことだ。

三学期が始まり、吉田くんたちは、何かの委員会に入らなければならなかった。多分何かの気まぐれだったんだろうと思うけど、又野君が吉田くんを誘った。

「ナオ、図書委員やろうぜ」

吉田くんは又野君に誘われれば、山でも川でも何処(どこ)でも付いていった。そういうものだと思っていた。又野君が行くと言うなら、マゼラン海峡にだって付いていくつもりがあった。

二人は図書委員を希望し、あっさりと認められた。同じクラスの松本(まつもと)さんという女の子も一緒だった。

初めての委員会活動の日、まずは先生から委員の仕事を教わった。

「好きな本を選びなさい」

先生に言われて、三人はそれぞれ本棚に散った。

又野君はへらへら笑いながら頭の悪そうな本を選び、松本さんは不思議なイラストのついた翻訳物の小説を選んだ。じっくりゆっくり考えて、吉田くんは『つり入門』を選ぶ。

先生に導かれ、三人は役割演技(ロール・プレイング)をした。

借りる人役が図書カードを書いて、カウンターにいる図書委員役に渡す。図書委員はカードを決められた箱にしまう。返却のときは、図書カードに「済」のハンコを押し、本の見返しに戻す。カードにハンコを押すのが、小さく楽しかった。

「次に、返却された本を、本棚に戻してください」

先生はラベルの見方と、本棚の種類について教えてくれた。吉田くんはラベルを見て、又野君が借りた本をイ棚に戻す。又野君は松本さんの本をホ棚に戻し、松本さんは『つり入門』をロ棚に戻す。

これが図書システムか、と吉田くんは思った。これだけの蔵書を持つ図書の世界が、小学生にも解るシンプルな仕組みでまわっていることに、吉田くんは感心していた。これから自分がそれに関わっていくことに、使命感のようなものさえ感じる。

図書委員には、それ以外にも仕事があった。当番日誌をつけること。散らかっている本を整理すること。暴れる人を注意すること。帰るときカーテンを閉めること。

仕事は週に一回、水曜日の放課後にあった。初めての週、図書室に集った三人は、ちょっと昂揚しながらカウンターの中に入った。

図書委員しか入ることができないそこは、特別な場所だった。物や道具は整理され、きちんと決められた場所に置かれている。狭くて、事務的で、お店みたいな場所は、小学生が三人入ると、ちょうど収まりのいい広さだ。

三人はカウンターの中に座った。又野君は右、吉田くんは真ん中、松本さんは左。カウンターテーブルが三人を囲んでいた。今日の日付と返却日を示したプラ板のカレンダーがすみにあり、その隣に図書カードを入れる木箱がある。

カウンターからは図書室全体が見渡せた。だけどお客さんは一人もいない。

又野君は無造作に引きだしを開けたり、返却箱の中をのぞいたり、ハンコを試し押ししたりした。吉田くんははらはらしながらその動きを見守る。松本さんが今日の日付を当番日誌に書き込む。

だいたいの備品をチェックし終わった又野君が、今度は後ろから吉田くんを突いた。やめろよ、と小さな声で吉田くんは言う。松本さんがくすくすと笑う。しばらくするとまた、又野君は手を出す。やめろよ。くすくすくすくす。

何となく大きな音を出してはいけない気がして、三人はこそこそと声を出した。

下校のチャイムが鳴るまでに、六年生の女子が一人、本の返却に来た。吉田くんが「済」のハンコを押すと、又野君がカウンターを飛びでて、その本をハ棚に戻した。それでその日の仕事が全て終わった。

次の週、三人はまたカウンターの中に入った。

松本さんは黙って小説を読んでいた。吉田くんは『つり入門』の投げ釣りのコーナーを眺める。

投げ釣りは仕掛けを投げてポイントを探るのが第一の基本だった。それで、反応がなければ横に移動するべきだ。やがて頭の悪そうな本に飽きた又野君が、こそこそと言った。

「ナオ、シノビやろうぜ」

「……うん」

シノビというのは、かくれんぼに似た遊びで、缶を使わない缶けりのようなものだった。委員会の活動中にやっていいものではないが、今日もお客さんは来ないかもしれない。どっちにしても吉田くんは、又野君の行くところなら何処へでも付いていくのだ。

「やる?」

又野君はへらへら笑いながら、松本さんにも声をかけた。

松本さんは、うん、と頷き、二人を見た。彼女は普段あまり交流の無い二人と遊ぶことに、興味津々という感じだった。

こそこそとした掛け声で、三人はじゃんけんをした。二回のあいこの後、パーを出した吉田くんが、最初のオニに決まる。

三人は静かにカウンターを出た。白いプラ板のカレンダーを、オニの陣地と定める。

吉田くんはカレンダーに右手を置いた。ゆっくりと目を瞑り、半透明な声で唱えた。

——だるまさんが転んだ、だるまさんが転んだ、だるまさんが転んだ。三四郎が笑った、

三四郎が笑った、三四郎が笑った。トコロテンの早食い、トコロテンの早食い、トコロテンの早食い。下堂前孝好（しもどうまえたかよし）、下堂前孝好、下堂前孝好——。

簡易な方法で二百を数え、吉田くんは目をあけた。プラ板のカレンダーが、目を瞑る前と同じ場所にある。ゆっくりと振り返れば、午後四時の図書室から人の気配は消えている。室内には光と空気と、何千冊かの本があった。本棚、机、椅子、と、見渡せば図書室には隠れ場所がたくさんある。吉田くんは静かに息を吐き、時計を仰ぎ見る。午後四時二十分。まずは忍び足で左へ移動し、誰もいないのを確認して、今度は右の奥をうかがう。

本棚の向こうで、空気のかたまりが揺れたような気がした。吉田くんは奥へ移動していく。息をこらす気配のようなものを本棚の向こうに感じ、背伸びをしてのぞき込む。そこに松本さんがしゃがんでいるのを確認すると、吉田くんは陣地に走り戻った。

——松本さんみっけしーのぴっ。

小声で宣言し、プラ板にタッチした。

後ろから駆けてきた松本さんが、諦（あきら）めて足を止めた。捕虜となった松本さんは、恥ずかしそうに笑いながら陣地に右手を置く。

そこから又野君との神経戦が始まった。体力で又野君にかなわない吉田くんは知力で勝負した。陣地まで一直線に戻ることのできる距離を慎重にキープし、体をまげて、ねばり強く又野君をさがす。最後には反対に自分の身を隠し、本棚のすきまから又野君の動向をうかがう。

やがてしびれを切らした又野君が顔を出した瞬間、吉田くんは陣地に駆け戻った。

——又野君みっけしーのぴっ。

半透明の声で、それは宣言される。諦めた又野君が、本棚の向こうから、へらへら笑いながら出てくる。

図書室では騒いではならないのだけど、シノビは囁くような声だけで成立した。次は松本さんがオニになり、三人はシノビを続けた。楽しかった。その日は結局、お客さんは一人も来なかった。

次の週、三人はまた自然にシノビを始めた。その次の週も、またその次の週も、シノビを続けた。やがて普通の声を出してしまったら即オニ交代、という図書室特別ルールも制定された。

こういった委員会活動は、たいてい学期の途中になると、うやむやになって行かなくなるものだったけど、三人は一週も欠かすことなく集まった。

「ナオ、行こうぜ」

水曜になると又野君は、へらへら笑いながら言った。図書室に行くと、ちゃんと松本さんが待っている。

三人はもうカウンターに入らなかった。集まるとすぐジャンケンをし、オニを残して、それぞれの場所に散った。

隠れるのは、主に棚の後ろだった。オニが近付く気配を察すると、そっと反対側にまわる。オニに一杯食わせたときには、声を出さずに笑う。

誰かが本を借りにくると、オニが応対し、その間遊びは休止された。下校時間になると当番日誌を書き、カーテンを閉め、帰った。

音をたてず、声を出さず、三人だけの特別なシノビは続いた。それは静かな熱気を帯び、いつまでも続くように思えた。

季節は冬から春へと向かい、三学期も終わり近くになった頃だった。だから吉田くんがそれを感じたのは、ちょうど冬と春の境目の頃ということになる。

二百を数え始めた松本さんから離れ、吉田くんは又野君とジャンパーを交換していた。そこ込み上げる笑いをこらえながら、二人はジャンパーを脱ぎ、互いのものと交換した。そこから左右に分かれ、本棚の後ろでかがむ。

二人は遠く目を合わせて、声をたてずに笑いあった。又野君は紺の吉田ジャンパーを着て、吉田くんは頭の悪そうな又野ジャンパーを着ていた。松本さんが二百を数え終えたので、二人は気配を押し殺す。

そろり、そろり、と松本さんが図書室の中央を進むのがわかった。吉田くんはこっそり棚の反対側にまわる。棚を背に膝（ひざ）を折って体育座りをし、顔を伏せる。ジャンパーだけだったら、見られてもいいのだ。

やがて三つの気配は、図書室の空気と同化して止まった。膝に顔をうずめると、呼吸音が耳に近かった。吉田くんはさらに息を潜（ひそ）める。カーテンを開け放した図書室の窓から、午後の光が差している。

ぺり、という音が至近から聞こえた。上履きの底が、リノリウムの床から離れる音だった。吉田くんのちょうど真後ろから、それは聞こえた。

松本さんはすぐ後ろにいるようだった。二人は本棚を挟んで、息をつめるように気配を消しあった。緊張が吉田くんの体温を上げ、とく、とく、と、脈打つ音が聞こえる。

ぱたん。

遠くで本が落ちる音がした。多分、場を攪乱（かくらん）するために、又野君が音を出したのだ。

松本さんの注意が、そちらに向くのがわかった。春の雪解（ど）けのように、背中合わせの緊張が溶けていく。

吉田くんはゆっくりと顔を上げた。三月の光がまぶしくて、暖かかった。頭の先から首、肩から腰、吉田くんの体は順番に弛緩していった。手の先から足の先まで力が抜け、バターが溶けるようにぐにゃぐにゃになっていく。

図書室に音はなくて、三人の気配は光と同化していた。

天空の闘技場のようなものを、吉田くんは思い浮かべる。三人を覆う透明なドームのようなものがあって、全ての音や時間を吸い取っている。

幸せだな、と吉田くんは思った。それは初めて芽生えた感情だった。生まれてから十歳のそのときまで、幸せだ、なんて思ったことはなかった。あったかもしれないけれど、そういう言葉でそういうふうに思ったことはなかった。

そのとき吉田くんは、満ち足りていたんだと思う。永遠を一瞬に感じたような、開闢を掌に感じたような、今から考えればそんな感覚に吉田くんは包まれていた。そういうことを含んだ全部に、吉田くんは包まれていた。

いつだって何かが足りない、吉田くんはそう思う。いつも寂しかったり、何かが欲しかったり、寒かったり、悲しかったり、もやもやしたり、心の平安が欲しかったりする。そうじゃないときもあるけど、それは何かのはずみで、足りないことを忘れているだけなんだと思う。

だけどあのとき、吉田くんは全て足りていた。あのとき吉田くんは全部で、全部は吉田くんだった。思い出のなかのその光景は、喜びや憧憬に似た、根源的な温かさに満たされていた。世界と自分が、きれいに一体となった象徴として、その光景は思い起こされる。

　きっとあのときまでは、足りた世界にいたんだと思う。小さな吉田くんの小さな世界は、リアルに自転し、リアルに公転し、大きな何かに守られていた。だから最後に息を潜めて、吉田くんは隠れていた。世界がこのままであり続けますように、と、隠れていたんだと思う。


　その後、夢から醒めるように、吉田くんは見つけだされた。

　オニを交代し、ジャンパーを元に戻し、もう何回目だかわからないシノビを、三人は静かに続けた。

　三学期が終わると、図書委員の仕事も終わった。三人は進級して五年生になり、クラスも分かれ、それぞれ別の委員会に入った。

　あのとき感じた多幸感のようなものは、しばらく吉田くんにとどまっていたけど、やがてきれいに消えてしまった。消えるときに追いかけようとしたけど、するりと逃げるように、それは無くなっていた。

　ときどき何かに感動すると、あの感覚のシッポが見えそうになる。だけどつかもうと近付いてみれば、やっぱりするりと逃げてしまう。

——小学生はいつまでも隠れてはいられない。

多分、又野君はそのことを、もっとずっと前からわかっていたんだと思う。又野君は母親と小さな妹と、三人で暮らしていた。どこかで生きているらしいよ、と、小学生の又野君は、父親のことをへらへら笑いながら話す。

又野君は吉田くんを誘うことはなかったけど、その頃から、悪いことをするようになっていた。吉田くんの想像を超えるようなこともしていたかもしれない。

やがて吉田くんたちは小学校を卒業し、中学生になった。それが当然なことのように、又野君は不良になった。

又野君には、もうずっと前から、顕然と足りないものがあった。それを埋めるには、不良になるのが一番自然な道だったのだ。

彼は理由のある不良だったから、理由のない不良を初めからぶっちぎりで凌駕していた。体が大きくケンカも強かったため、同学年で彼に逆らう者はいなかった。中学二年になると、マタノの名は近隣の中学にも鳴り響くようになった。

遠くから見る又野君は、壊れそうなギザギザハートを抱えて、それでも周囲を威圧するように歩いていた（短ランの裾からは、チェーンのようなものがぶら下がっている）。噂の中の又野君は、家裁に呼びだされたり呼びだされなかったり、激動の青春時代を送っていた。

吉田くんは青いイモムシのような中学生活を送った。

自分なんかが親しくしていると、又野君の〝覇道〟のジャマになってしまう。だから吉田くんは不良とイモムシの立場をしっかりわきまえ、守ろうと思っていた。なのに、たまに廊下で会うと、又野君はへらへら笑いながら寄ってきた。よお、ナオ、と言いながら、吉田くんの脇を突いてくる。その笑い顔は小学生の頃と、何も変わらなかった。

二人はもう中学三年生になっていた。傍目には随分違う感じの十四歳だったと思う。

夏が終わると、受験のことがクラスの中を今までと違う色で満たし始めた。授業を休みがちだった不良たちも、それなりに学校に来るようになった。

九月の終わり頃、又野君は急に勉強を始めた。

「ナオ、勉強教えてくれよ」

又野君は夜、吉田くんの家にやってきた。

最初は何かの気まぐれだろうと思って、適当に付き合っていた。勉強を教えるといっても、さすがに今からでは限界がある。何から教えていいのかもわからなかった。

だけどあるとき又野君は、勉強する理由を教えてくれた。まずは大前提として家庭の事情があった。何としても公立高校に入学しなきゃならないらしい。それから松井とか山下とかの話にもなった。

松井とか山下とかいうのは、吉田くんから見ても嫌な男だった。奴らは又野君に対しては、あからさまに媚びるくせに、吉田くんのような者を鼻で笑っている感じだった。そのくせ女子には人気があって、可愛らしい後輩と付き合っていたりする。

「あいつらは不良じゃねえんだよ」

又野君はそこを強調した。彼らは政治的にヤンキーをやっているだけで、不良ではない。あいつらはケンカだってしたことがないんじゃないか。俺がちゃんとやり方を教えれば、ナオだって勝てるぞ。

彼らは一年の頃から補習塾に通っていて、成績もそこそこよかった。山下は今年から、家庭教師からも教わっているらしい。あいつらには勝ちたいんだよ、と、又野君は言う。

それを聞いて、吉田くんも本気になった。インテリヤンキーだかなんだか知らないが、そんなイイトコ取りみたいな不良に、又野君が負けていいわけはない。だいたいあんな奴らに後輩の彼女がいることが納得できなかった。

それに吉田くんは知っていた。又野君はやればできる子だった。不良に因数分解は難しすぎるかと思ったが、教えれば素直にそれを解くことができる。

吉田くんは書店に行って問題集を探した。できるだけ簡単で、とっつきやすいやつがいい。

だけど簡単な問題集というものは、世の中にはなかなか無いみたいだった。それを知って、吉田くんは静かな怒りを覚えた。どういうことなんだ！　南足柄の不良なんて、言ってみれば山猿のようなもので、そういう不良が本気になったときにそれに対応する問題集が無いというのはどういうことなんだ！

もっと字が大きくて、できれば絵とかがついていて、薄っぺらいやつがよかった。吉田くんは大雄山線に乗って、小田原まで問題集を探しに行った。

何とか妥協して手に入れた何冊かの問題集を五十で割って、吉田くんは進度を定めた。毎日必ずこれだけはやる。答を見ながらでいいから、とにかく進める。一まわりしたら、また最初からやる。

二人は毎晩、一緒に勉強した。吉田くんが教えれば、又野君はスポンジのように吸収し、すぐに忘れた。だけど又野君は本気だった。土日には朝から家にやって来て、問題集を解く。おかげで吉田くんもかつてないほど勉強した。

又野君は二次関数の「傾きの割合」を完璧に理解する、珍しい不良になった。数学だけだったら、クラスのかなり上位だったと思う。

素行が悪いということもあり、又野君は安全圏の高校を受験した。御殿場線沿いにあるその県立高校は、倍率が1・02倍だったけど、それでも合格したのは又野君が頑張ったからだと思う。

「ナオ、受かったよ」

又野君から電話があったとき、吉田くんは泣きそうになってしまった。

吉田くんは小田原の山の上にある、進学校に受かった。

そして二人は卒業式を迎えた。

壇上に又野君が上がると、式場には波のように緊張が奔った。

短ランの袖をまくった又野君は、生徒や教師がハラハラと見守るなか、堂々と、誰よりも堂々と、卒業証書を受け取った。この式自体が又野君のためにあるようだった。後輩の女子なんかは、それだけでホレてしまうんじゃないかと思った。

さよなら、と吉田くんは思う。幼稚園から一緒だった又野君とも、ここでお別れだった。そのことは何だか不思議な感じがしたけど、自然なことにも思えた。

答辞が続く中、吉田くんは図書室の光景を思いだしていた。

あのとき図書室は光に溢れ、僕らは息を潜めていた。いつかは終わってしまう――。僕らはいつか、誰かに見つけだされてしまう――。

幸せだ、と生まれて初めてそう思ったことで、足りないものは生まれた。

あれから少しずつ少しずつ、足りないものが増えていった。あれはそういう分かれ道だった。又野君とだって、あれから随分と離れてしまった。

卒業式が終わり、吉田くんは高校生になった。

毎朝、大雄山線に乗って、小田原に通う。

高校には最初から馴染(なじ)めなかった。そのうち馴染むだろうと思っていたけれど、時間が経っても何も変わらなかった。ここに自分がいることが、なんだかしっくりこなかった。吉田くんにはわからなかった。この箱の中で自分が何がしたいのか、自分はどう振る舞えばいいのか、馴染むって何に、なのか……。考えてみれば吉田くんは、中学にもあまり馴染んでいなかった気がする。

一年の途中で、父親の転勤が決まった。話し合った結果、小さな弟も含め、家族は長崎に引っ越すことになった。吉田くんは小田原で一人暮らしをすることになり、父親の知り合いが管理するアパートを借りた。

一人暮らしには、案外すぐ慣れた。だけど高校はつまらなかった。つまらない、と思ったら、心底つまらなくなった。本当は高校がつまらないわけではなくて、自分がつまらない人間なのだとわかっていた。

ヘッドホンを耳にあて、吉田くんは心を閉ざして高校に通う。早くこの街を出たいと思っていた。けど、出たからと言って何が変わるとも思えない。ときどき自分がミノムシになったように感じた。青いイモムシは蝶（ちょう）にならずに、灰色のミノムシになってしまった。

いつだって何かが足りない、そんなふうに考えてしまう自分を吉田くんは愛せなかった。当然、他人も吉田くんを愛さないし、世界も吉田くんを愛さないだろう。

ときどきふと、どこかに行ってしまいたくなった。消えてしまったら楽なのかもしれない、と考えることもあった。胸が苦しくなると、深呼吸してもなかなか治まらない。

吉田くんは日課のように城址（じょうし）公園に通い、ベンチに座ってあんパンを食べた。ゾウを眺めていると気分が落ち着いた。こうしているときだけ、正気を保てるように思えた。

思春期だからなのだろうか、と、吉田くんは考える。みんな似たようなものなのだろうか？　時期がくれば足りないと思っている何かも、パズルの一片のようにハマってくれるのだろうか……？

あたり前だけど、公園には答はなかった。ゾウだけがいつもと変わらず、ゆらん、と鼻を揺らしている。

一人暮らしの部屋に、又野君がときどき遊びにくるようになった。

又野君はシューティングゲームをして、煙草を吸い、生あくびをして帰っていった。何か理由があって来ることもあったし、何もなくて来ることもあった。何かあって来るときは、顔を見ればすぐにわかった。

「どうしたの？」

何かありそうなときは、吉田くんから訊ねた。

「いや、女がちょっとな」

又野君は言葉を濁しながらそんなことを言い、二、三日、吉田くんの部屋に泊まっていった。

もしかしたら吉田くんの部屋を、シェルターか何かだと思っていたのかもしれない。タフでハードボイルドな青春を、又野君は送っているみたいだった。

シューティングゲームをする又野君を、吉田くんは見つめる。

画面に向かう彼の肩は、がっしりと尖っていた。コントローラを握ると、腕の筋がシャープに浮き上がる。肘や膝は骨張って堅そうで、自分のぷよぷよとした白い四肢とは随分違う。

獣のようだ、と吉田くんは思った。又野君の頬や腕には、いくつもの傷の痕があった。転がりつづける石のように、又野君は剝きだしで生きていた。ミノムシの吉田くんには、もう付いていけない別世界をサヴァイヴしていた。緑町の駅へと疾走する又野君の背中を、吉田くんはもう追いかけることができない。なのに又野君は、吉田くんを見るとへらへら笑いながら、しなだれかかってくる。

普通科に入った又野君は、ときどき工業高校の奴らにナメられるらしかった。あるとき六人と鉢合わせして、ガンというものを飛ばしあったらしい。相手の数が多かったので、しかたがないか、と通りすぎようとしたとき、一人が、へっ、というような口調で「○高か」と言った。

素通りしようとした又野君だったが、急に振り向いて駆けだし、その一人にドロップキックを放ったという。ケンカで使用されるドロップキックというものが、一体どういうものかわからなかったが、とにかくドロップキックをしたという。そのあと六人に囲まれてぼこぼこにされたという。

又野君は自分の中学とか高校とか、属している集団のことを馬鹿にされるとキレる。だけどそれは学校のことを愛しているのとは違う。又野君は多分、自分の学校のことなんか全然愛していない。じゃあどうして、と人は思うかもしれないけど、吉田くんにはわかる気がした。

ナメられるわけにはいかなかった。又野君は幼い頃から、プライドを守って生きてきた。それは本当に馬鹿みたいで、ちっぽけで、どうしようもないプライドかもしれない。だけど他には何もないのだ。本気でそれを守り続けなければ、又野君や又野君の妹なんかは簡単に踏みつぶされてしまうのだ。

あるとき又野君は、血まみれになって、吉田くんの部屋に転がり込んできた。

「歯が欠けた」

又野君は部屋の真ん中に倒れ込む。

驚きうろたえた吉田くんは、救急車を呼ぼうとした。呼ぶな！　と、又野君は声をあげる。

吉田くんは救急箱を探し、オキシドールを脱脂綿に染みこませた。それで顔の血を拭いたけど、そんなものでは全然きれいにならなかった。いたたたたたた、と又野君は顔を歪める。声を出す口からは血が出ていて、右の前歯が割れている。

泣きそうになりながら、吉田くんは又野君の血を拭き続けた。

一体、何と闘ってるんだ、と思った。僕の大好きな又野君は、何を守るために、誰と闘っているんだ。こんなになるまで闘う必要が、何処にあるんだ。こんなになるまで又野君を追い込んでいるのは、一体誰なんだ！

吉田くんには納得できなかった。逃げたり謝ったりできないなら、一緒に隠れていたかった。あの強くて優しかった又野君は、今、独りぼっちで何処に行こうとしているんだろう――。

二年の冬のことだった。

その事件がきっかけだったのかどうかは知らないけれど、又野君は高校を中退してしまった。しょうがねえよ、と又野君はへらへら笑いながら言う。

その後、又野君はしばらくぶらぶらしていた。吉田くんの部屋にもよく遊びにきた。部屋では二人プレイでシューティングゲームをした。放っておくとすぐ自滅するので、吉田くんは又野機を守りながら戦う。

「ナオと一緒だと遠くまで行けるな」

又野君はへらへら笑いながら言った。

春になる前、又野君は東京に行くかもしれないと言った。本当かどうかは知らないけど、有名な寿司店で修業するらしい。それからしばらくすると、特別な挨拶もなく、ふいにこの街を出ていってしまった。

又野君のいない小田原には、もう何も残っていない気がした。

吉田くんは今までよりも静かな音楽を好むようになり、けれども今までより大音量でそれを聴いた。ヘッドホンは外界と吉田くんを、断絶するように遮断した。大音量の音楽の中に自分がいて、その中の自分がまた音楽に浸っている気がした。

吉田くんはプログレッシブ・ロックを偏愛し、変拍子な日々を送った。

一人の部屋でゲームをしていると、又野君のことを思いだした。

――ナオと一緒だと遠くまで行けるな。

吉田くんはその言葉を反芻した。小学生の頃、又野君は吉田くんのヒーローだった。又野君の行くところなら、何処へでも付いていった。だけど僕はもう、何処にも付いていくことができない。

不良になりたい、と吉田くんは思った。

まわりの全てを否定し、コンビニの前にたむろし、カツアゲをしに行きたかった。シーサイドの奴らを叩きつぶし、捨て猫だけには優しくして、盗んだバイクで走りだしたかった。

不良になれば、足りないものだって埋まるかもしれなかった。きっと又野君にだって付いていける。マゼラン銀河にだって付いていける。

部屋には又野君の残していった買い置きのハイライトがあった。一本を取りだし、吉田くんは火を点ける。煙を吸い込むと、くらり、と頭が眩めく。

不良になりたい、と、また吉田くんは思った。

当たり前だけど、ハイライトを吸っても不良になれるわけではなかった。不良になるには理由が要る。いや、本当は理由なんて要らなかった。それは単に、向き不向きの問題なのだ。

ならば生きることに理由は要るだろうか、と、吉田くんは急に思った。理由がなくても人は生きられる。ならば生きることも、向き不向きの問題なのだろうか。僕は生きることに向いていないのだろうか……。

煙草はあっという間にくせになり、後悔したときにはもう遅かった。吸っているときだけ小さく満足して、しばらくすると次の一本が欲しくなる。煙草は確実に、足りないものを一つ増やしただけだった。

ハイライトの濃い煙を眺めているうちに、季節は夏になった。

その日、吉田くんはベンチに座ってゾウを眺めていた。よく晴れた午後だった。そして突然、城に登ろうと思いたった。

何故だろう、と吉田くんは思う。これだけ城址公園に通っているのに、天守閣に登ろうとしたのは初めてのことだった。いつだって登ることはできたのに、登ろうと思ったことがなかった。

石段を登って門をくぐり、チケット売場で四百円を支払った。半券と小さなパンフレットを受け取り、裏に記念スタンプを押す。

城の中に入るとすぐ、『総金からくさ一閑張り望遠鏡』というものが展示してあった。総金からくさ一閑張り望遠鏡、と、噛みそうになりながら吉田くんは呟く。

順路を進むと、大きな瓦があり、山カゴがあり、琵琶や月琴があった。『一分銅付懐中時計』というものもあった。陣笠や甲冑や、絵図、古文書などもあった。いろいろなものに少しずつ気を取られながら、吉田くんは急な階段を登る。

辿り着いた最上階には、土産物やアイスを売っている店があった。とても意外だった。

記念メダルの自販機で金色メダルを購入し、YOSHIDA NAOTO と刻印を打った。ばんばんばんばんばんばんばん、と、その機械は大きな音をたてる。

金色メダルをペンダントにして、吉田くんは首からぶら下げた。そしてそのまま高欄に出る。

眼前には山があった。遠く、箱根の山が幾重にも連なっている。

眼下には人が列をなして歩いていた。競輪が終わったらしく、どこか悲しげな人の列が、駅に向かって長々と続いている。

高欄をぐるり反対側にまわると、下にはゾウが見えた。小さなゾウの、その向こうに小田原の街並みがあり、その向こうに相模湾が広がっている。水平線の上は青い空だ。

ゾウと海——。

それは初めて見るコントラストだった。ゾウは自分がこんなに海の近くにいることを知っているのだろうか——。

吉田くんはゾウを見つめた。いつもは見上げるゾウを、初めて見下ろしていた。ゾウは小さく、吉田くんはもっと小さい。多分、一分銅付懐中時計より小さかった。

海は広く、空は眩しかった。

けえええええ、と、下からキジの鳴き声が聞こえる。

城から降りた吉田くんは、目覚めたように勉強を始めた。

どっちにしても高校生の自分が、この街でできることは勉強だけだった。必要な学力が欲しかった。そんなものなら、ちょっとした集中力があれば手に入るはずだと思った。記念ペンダントを首からぶら下げながら、吉田くんは猛然と勉強を続ける。

やがて秋も終わり、冬になった。

吉田くんはいくつかの大学を受験し終えていた。何とかなったという手応えはあった。小田原城の記念メダルは受験生をしっかり守ってくれた。満足してハイライトをふかしていた、ちょうどそんな頃だった。

「ナオ、開けろよ」

又野君が突然、小田原に戻ってきた。

「寿司持ってきたぞ」

十ヶ月ぶりの又野君は少しだけ大人の顔で、それでもへらへら笑う感じは小学生の頃から変わらなかった。昨日まで東京の寿司店で修業していたのだが、都合により辞めてしまったらしい。

「食おうぜ」

差しだされた箱詰めの寿司の紐を、吉田くんはほどく。魚の形をした醤油さしを、ちゅう、としぼる。

寿司なんて何年ぶりかわからなかった。二人の部屋で食べる箱詰めの寿司が何だか無性に美味しかった(木の香りとかも関係あるかもしれない)。それは湿っぽくて、懐かしくて、二人の再会によく似合う。

吉田くんはお茶を淹れ、「あがりです」と言った。又野君は少し笑い、ずずっ、とそれを啜った。二人でお茶を飲むなんて、もしかしたら初めてかもしれない。

どうして店を辞めたのか訊くと、ちょっとな、と言葉を濁した。どっちにしても今度は、小田原の国道一号線あたりの店に勤めるらしい。

「ナオはこれから、東京に行くのか？」

「うん。受かったらだけど」

「それがいいよ」

又野君はへらへら笑いながら言った。

「東京にはヤンキーがいないんだぜ」

又野君はコントローラを手に取り、もう一方を吉田くんに放った。

十ヶ月前と同じように、二人はシューティングゲームをした。吉田くんは又野君を守りながら、敵陣を進む。六面をクリアしたところで、又野君は満足したようにコントローラを置く。

「ナオみたいなのが、街を出るだろ？」

と、又野君は言った。

「そうするとそのうちこの街は、ヤンキーとファンシーだけの世界になるんだぜ」

「ヤンキーとファンシー？」

「ああ。ヤンキーとファンシーは子を育てて地域に根を張るんだよ。他には何もねえよ」

又野君はハイライトに火をつけた。

「ナオは東京に行って、文明人になれよ」

又野君は煙を吐きながら、そんなことを言った。

「世の中には結局、ヤンキーとファンシーと文明人しかいないんだよ。だからナオは文明人になれよ」

「文明人か……」

「ああ。ナオならうまくやれるよ。爽やかにやれよ」

吉田くんもハイライトの箱を取った。へりをとんとんとやって一本取りだし、火をつける。

「似合わねえな」

ハイライトを吸っている吉田くんを見て、又野君は笑った。

「うるせえよ」

吉田くんが不良ふうに答えると、又野君は爆笑した。それは今まで見たことないような爆笑だった。

二人はその日に別れ、それぞれの道を歩きだした。

ああ、でも又野君、と吉田くんは思うのだった。確かに東京にはヤンキーがいないけど、文明人もあんまりいないよ……。

◇

現代の東京では、ヤンキーでも文明人でもない者が増殖していた。彼らは爽やかなのかもしれないが、愚か者の類だった。

例えば吉田くんの研究室にはサザナミとスズナミというのがいるのだが、特にサザナミのほうが文明人じゃなかった。彼らは春の間はあまり研究室に顔を見せなかったが、夏も近付く頃になると、毎日来るようになった。

サザナミというのは本名ではなかった。最初に見たとき、何となくこいつはサザナミだと思って、それ以来吉田くんの中でだけサザナミと呼んでいる（ついでにその連れのほうはスズナミということにする）。サザナミもスズナミも同じように非文明的だったが、声が甲高くてアピールが強い分、サザナミのほうが気に障った。

サザナミ&スズナミはやたらとよくしゃべった。薄っぺらな二人の会話は、山も谷もなく、延々と続いて終わりがなかった。態度は大きいが、無内容だった。

PCに向かいながら、吉田くんは耳をふさぎたくなる。それでも聞いてしまう自分が嫌だった。なぜ誰も注意しないのか、と思った。だけど案外、周りの人間はその会話を許容していて、それどころか時に楽しげに加わったりする。舞子さんでさえそうであることに気付き、吉田くんは脱力感を覚えた。

心ならずも吉田くんは、サザナミのプロファイルに詳しくなっていく。

・サザナミはシャコが嫌いだ。
・理由は『何か化石みたい』だからだ。
・サザナミの朝食は絶対にご飯だ。
・だけどご飯は、おちょこに一杯くらいしか食べない。
・サザナミはカラオケボックスでバイトをしている。
・バイト先の店長は超ウザい。
・サザナミは今月金欠だ。
・だけど先月はもっと金欠だった。
・サザナミは女ウケを考えて音楽をセレクトする。

・サザナミは三週間に一回美容室に行く。
・美容室のお姉さんは結構可愛い。
・バイト先の女子高生もなかなか可愛い。
・多少チャラいほうが女にモテる。
・普段はあえてチャラい男と思わせて、たまに真面目なことを言うとモテる。
・三分くらいしゃべれば、オチる女かどうかわかる。
・サザナミは豆乳が飲めない。

どうでもいいんだよ、と吉田くんはシャウトしたかった。

お前が豆乳を飲もうが飲むまいが、そんなことは宇宙で三番目くらいにどうでもいい。お前はシャコが嫌いかもしれないが、シャコだってお前のことを大嫌いだ。だいたい女ウケを考えて音楽をセレクトするというのは、全く意味がわからなかった。それにチャラいほうが女にモテるって、そんなわけはないだろう！　と思っていたら、サザナミには大学に入って四人目の彼女がいるらしかった。

どういうことなんだ！　と吉田くんはむしろ女子に問いたかった。これは一体、どういうことなんだ！

サザナミは『キレる』という言葉を連発した。故障した自動販売機とか、レポートの提出期限とか、PCの挙動とか、天候の不順とか、とにかく何にでもサザナミは『キレる』を連発した。時には『超キレる』と言った。

何が超キレるだ、と吉田くんは思った。又野君の本気のケンカを見たことがないやつに、キレるとか簡単に言ってほしくなかった。お前など又野君のドロップキックをくらって、大気圏の外まで飛んでいけばいいのだ。

吉田くんは想像した。又野君がサザナミとスズナミを締め上げて、コーラを買いに行かせるところを。使えないサザナミはダイエットコークか何かを買ってきて、コーラは赤いのだろうが、と再び買いに行かされる。

ざまあみろ、と吉田くんは思った。コーラは赤いのに限るのに、サザナミはそんなことも知らないのだ。

又野君はヤンキーだけど、立派なヤンキーだった。サザナミなんかには、何もわかっていない。こういうまっとうな営（いとな）みのわからないチャラい男が、文明人のふりをして東京を歩き、たまに真面目なことを言ってモテている。こういうのが根を張らずにウイルスのように増殖して、地球や文明をダメにする。合コンとかを繰り返し、クリスマスを祝い、あまつさえハロウィンなどと騒ぎ、まっとうな文明人の足をひっぱるのだ。

だけどそんなことを考えていた吉田くんの頭をかち割るように、大きな衝撃が落ちてきた。

研究室はお盆の前後だけ、短い夏休みに入る。もうすぐその夏休みだった。

舞子さんとは、春からずっと一緒に帰っていた。吉田くんは舞子さんを映画にでも誘おうと企(たくら)んでいた。

そろそろそういうのもいいんじゃないだろうか……。じっくり慎重に、油断せずに、吉田くんは考える。自然な感じで誘えば、うまくいくんじゃないだろうか……。

帰りの電車の中で、吉田くんは自然な声を出した。

「今日も暑いね」

「うん」

その日は本当に暑い日だった。

「舞子さんは、夏休みはどうするの？」

「特に予定はないなあ」

彼女は感じのよい声で応えた。

「サークルの合宿に顔を出すくらいかな」

「サークル？」

「うん。もう引退したんだけどね、合宿にはみんなで顔を出すことになってるんだよ」

「サークルなんてやってたんだ」

「うん。浦上(うらかみ)君とか太田(おおた)君も一緒だよ」

「へえー」

電車はがたごとと動き、ぶしゅー、といって止まる。乗降客の交換を待ち、しばらくすると、また動きだす。

あのときよく、へえー、なんて自然に対応できたと思う。実際の吉田くんはあまりの衝撃に、絶句していた。舞子さんの言う浦上君とはサザナミのことで、太田君とはスズナミのことなのだ。もう一回言うと、浦上とはサザナミで、太田とはスズナミのことなのだ。

舞子さんはそのあと、吉田くんは夏休みをどう過ごすのか、というようなことを訊(き)いた。吉田くんは棒立ちのまま、適当なことを答えた。

駅に着くと舞子さんは、じゃあね、というようなことを言った。吉田くんも、さよなら、とかそんなことを言った。

もうすぐ夏休みで、その日は本当に暑い日だった。

電力に換算すると二百ギガワットくらいだろうか。それは少し固くなった大学生の頭に、夏の雷撃が落ちたような衝撃だった。

夏休みの初日、一人の部屋で吉田くんは落ち込んでいた。

自分は何てちっぽけで、何て心が狭いんだろう……。又野君にシメられるべきなのは、僕のほうじゃないか……。

本当は吉田くんにはわかっていた。吉田くんはサザナミの声が甲高いことが気に入らないんじゃない。サザナミがモテる男で、舞子さんに馴れ馴れしくするのが、気に入らなかったのだ。

考えてみればサザナミは何も悪くない気がした。ヤツはフレンドリーで、要領が良くて、脳のシワがないように見えるけど多少はあって、もしかしたらああいうのを、爽やかというのかもしれない。それに正直に言うと、シャコを嫌いな理由が『化石みたいだから』と聞いたときは、ちょっと面白くて吹きそうになったのだ。

だいたい吉田くんは、舞子さんともちゃんと向き合ってなかった。吉田くんは舞子さんのことを、何も知らない気がした。

強くて、ワルくて、心優しい又野君は、当然のように異性からモテた。うらやましがる吉田くんに又野君は言った。ナオは大丈夫だよ。そのうちナオに興味を持つ女子が必ず現れる。そのときナオの好意を全開にしろよ。ナオなら大丈夫だよ。

舞子さんは吉田くんに興味を持ってくれたと思う。だけど吉田くんは、ちゃんと舞子さんに好意を表現してこなかった。慎重に、油断せず、安全な位置で、安全な発言を繰り返してきただけだった。

自分の大切なものや、分けあいたいと願うものを、伝えようともせず、そんなことで何かがうまくいくわけはなかった。


夏休みの中日、吉田くんは久しぶりにカメラを分解することにした。

大学に入ってから、カメラの分解は吉田くんの趣味のようなものになっていた。ジャンク品の古いカメラを手に入れ、分解し、掃除し、また組み立てる。運が良ければ、そのカメラはまた写るようになる。

女ウケするカメラの分解の仕方、と吉田くんは思った。残念ながらそんなものは無かった。でもいい、と思う。分解し組み立てるたびに、カメラはまた違う像を結ぶ。誰も知らない新しい像を結ぶ。

分解の鉄則に従って、吉田くんはカメラを解体した。少しずつ少しずつ、無理をしないよう、メモをとりながら分解していく。

分解はいい、と吉田くんは思った。知ってますか？　吉田くんは架空の舞子さんに語りかける。

えーっとですね――、機械式のカメラってのは、電気部品がないんですよ。シャッターを押すその小さな力がですね、歯車を通じてさまざまな機構に伝わって連動して、一瞬のうちに複雑に運動するんです。その瞬間、フィルムに像が結ばれ、全ての運動が完結するんです――。

一切の電気部品を持たないメカは、現代にはもうあまり残っていない。周りを見渡しても、ガチャガチャとか、それくらいじゃないかと思う。

機械はいいです、と、舞子さんに語りかける。

世界が停電し、全ての電池の残量が切れても、僕が復活させたカメラは正しく作動するんです――。世界が灰に埋まったとしても、掘り起こされたガチャガチャは正しく作動するんです。そういうことに僕はロマンを感じるんですよ――。

メカの基本は円運動、と吉田くんは思った。単純な回転は、ギアやカムによって複雑な運動に変わる。自転しながら公転する遊星歯車は、惑星の動きそのものだ。

僕は回転しているのだろうか？　吉田くんは考える。回転に必要な向心力は僕に宿っているだろうか？　これから僕は、遠心力を放つことができるのだろうか……。

夏休みが終わり、吉田くんは再び研究生活に戻った。

これから舞子さんのことをもっと知ろうと思っていた。自分のことも、もっと知ってもらおう。舞子さんだけじゃない。サザナミとかとも、ちゃんと向き合おう。呼ばれたら、はいー、と応えて爽やかにやろう。

あと一ヶ月したら研究室の内部発表だった。その後、企業の人を交えた中間発表会で、研究活動はピークを迎える。

研究室は静かに活気づいていた。大体のメンバーはもう単位を取り終わっていたし、今さらサークル活動やバイトをする者もいなかった。このあと大学院に進学する者もいるし、吉田くんや舞子さんのように就職する者もいる。それぞれの立場の者たちが、大学生活の最後に、一つの場所に集まって論文に取り組む。

吉田くんや舞子さんは、既に重要な実験を終えていた。あとはルーティンの実験をこなすのと、それらを論文としてどうまとめるかだった。二人は毎日、研究室に遅くまで残り、一緒に帰った。

ある日のことだ。吉田くんはサザナミから測定器の使い方を訊かれた。

吉田くんはなるべく丁寧にそれを説明し、彼の測定を手伝ってやった。流体の流量のデータを、サザナミは取っている。春に研究をサボっていた彼は、少しあせっているようだった。

「サンキュー、ヨッシー」

測定器から離れるとき、サザナミは言った。

はて、と吉田くんは思う。こいつはいつから僕のことを、ヨッシーなんて呼ぶようになったんだろう。午後の実験室に、吉田くんとサザナミは二人きりだった。

「なあ、」

と、吉田くんは問う。

「最強の動物は何だと思う？」

「何言ってんだよ、ヨッシー」

「世界で一番強い動物は何だと思う？」

吉田くんはサザナミの顔をじっと見た。サザナミも吉田くんの顔を見る。

「知らねえ。ライオンじゃねえの」

サザナミは面倒くさそうに答えた。

やはりか、と吉田くんは思った。こいつは二十年以上も生きてきて、ゾウの圧倒的な力を感じたことがないのだ。そんなことは小田原では、幼稚園児だって知っていることだ。

「違うよ」

と、吉田くんは言った。

「一番強いのはゾウだよ」

「ふーん」

サザナミはそのことには一切の興味を示さず、吉田くんから目をそらした。女ウケを考えて音楽をセレクトする彼には、永遠にわからないかもしれない。でも吉田くんは爽やかにやるのだ。

しばらくして、研究室の内部発表が行われた。

舞子さんや吉田くんは、それなりに研究の成果を認められ、少しの追加課題を与えられた。サザナミやスズナミも何とかそれを乗り切った。

安堵（あんど）感（かん）もあったし、寂しさもあった。大学最後の研究は楽しかったと思う。こういうふうに『知』は継がれていくんだなと思い、そう思ったら何だか胸が熱くなった。

帰りの駅へ向かう途中、吉田くんは舞子さんを映画に誘った。

今度、映画に行きませんか？　シンプルにそう伝えると、いいよ、と舞子さんは笑う。

頬からアゴのラインにかけてのパーフェクトな曲線。僕の好きな、R0・04M。

週末になり、二人は初めてのデートをした。季節はすっかり秋になっていた。ちょっと寒くなってきたね、と舞子さんは感じのいい声で笑う。

二人は映画を観て、喫茶店で話をした。就職してからの不安や、論文の話。いつも電車の中で話していることと変わらなかった。吉田くんは守谷のあんパンについても語った。守谷のあんパンは、中にぎっしりあんが詰まっていること。手に持つと、その重みは手榴弾を思わせること。

考えてみれば守谷のあんパンについて、誰かに話すのは初めてのことだった。こうやって少しずつ伝えていければいい、吉田くんは風の王様のような気分で思う。

中間発表が終わったらまたどこかに行きましょう、と吉田くんは誘った。うん、と舞子さんは頷く。今度は飲みに行きましょうか、と吉田くんは言う。

いいよ、と舞子さんは笑った。舞子さんが好きです、と、吉田くんは思う。

◇

秋が終わり、冬になった。

年が明けると、東京に初雪が降った。雪がやむと、あとはただ寒い日が続いた。

それは突然の電話だった。考えてみればいつも突然だった。又野君はいつだって、いきなり吉田くんの前に現れる。

「ナオ、元気かよ？」

へらへら笑う又野君の顔が頭に浮かんだ。一体どうやって吉田くんの電話番号を知ったのだろうか？　だけどそんなことよりも、彼は驚くべきことを言った。

又野君は小田原に『しのび屋』という店を出したらしい。寿司会席の店だという。しのび屋？　寿司会席？

「美味（うま）いもの食わしてやるからさ、四時頃来いよ」

又野君は早口で店の場所を説明し、電話を切った。吉田くんは一人の部屋で、電話機を眺める。

しのび屋……。しのび屋って何だろうか？　寿司会席って、そんな店を簡単に出せるのだろうか……。吉田くんにはその状況が、うまく想像できなかった。

約束の日になり、吉田くんは新宿から小田急線に乗った。一時間と少し電車に揺られ、言われた駅で降りた。小さな道を進み、大きな橋を渡り、川沿いの道を歩く。

川面はきらきらと光り、縁には大きな松の木が並んでいた。ここは二宮尊徳の治水で有名な川だ。遠くに箱根の山が連なり、その向こうには一段高く、幻のような富士山が見える。平板で藍色の、日本一の富士山。

地図を見ながら、吉田くんは道を進んだ。川から離れ、また細い道を進む。急に太い道に出たその先、確かにその場所に店はあった。しのび屋——。近付くと看板には冗談のように『しのび屋』と書いてある。のれんをくぐりドアを開けると、中には本当に又野君がいる。

「おお、久しぶりだな、ナオ」

へらへら笑いながら又野君が言った。カウンターに立つ又野君は、髪を短く刈り込み、職人の格好をしていた。

何だかうまく言葉が出てこなかった。又野君が本当にいる。四年ぶりだった。あの又野君が本当にカウンターに立っている。

「座ってくれよ」

「……うん」

一番奥の席に、吉田くんは座った。

そこは明るくて小さくて、清潔な感じの店だった。カウンターの他に一段高い座敷があって、白木のテーブルが二つ並んでいる。

小鉢を並べ始めた又野君を、吉田くんは見つめる。

「これ、又野君の店なの？」

「そうだよ」

顔に少し肉が付いただろうか。そのへらへら顔は、昔よりも柔和（にゅうわ）な感じになっていた。

「あー、いらっしゃい」

と、奥から女性が出てきたので、吉田くんは慌てて頭を下げて挨拶（あいさつ）した。千恵（ちえ）、と又野君は簡単に言う。今ので彼女を紹介したらしい。

又野君が小鉢を出し、千恵さんがビールを出してくれた。

「俺も一口だけ飲むよ」

又野君は小さなコップに自分のビールを注いだ。

カウンターを挟んで、二人は乾杯した。千恵さんがにこにこと見守ってくれている。

「おめでとう」と、吉田くんは言った。

「何が？」

「こんな店出すなんて、凄（すご）いよ」

「ああ、まあな」

又野君はビールを飲み干し、コップを置く。

「半年前に、結婚もしたんだよ」

「ええ！」吉田くんは驚いてしまった。

「誰と？」

千恵、と又野君は簡単に言った。どうも、と千恵さんがこっちを向いて笑う。

「腹に子供もいるよ。六ヶ月」

驚いて言葉もなかった。さすが小田原の誇るヤンキーは仕事が早かった。

「……おめでとうございます」

と、吉田くんは二人に向かって言った。それ以外うまく言葉が出てこない。

「おう、おかげさまでな」

又野君は昔よりも角のとれた笑顔で、へらへらと笑った。

いつの時代もヤンキーは生き急ぐ。一通りの悪いことをし、それらから卒業し、働いて結婚し、子を産み、海(まりん)とかそういう名前を付ける。

又野君は七輪に向かって、仕事を始めた。

「これは美味(うま)いぞ」

こちらに向き直った又野君が、やきふぐを出してくれた。ちょっとどきどきしながら、吉田くんは生まれて初めてふぐというものを食べた。

美味い……。これはちょっと、感動的に美味しい。

やきたらば。てっさ。真白子の刺身。生牡蠣。鯛のおぼろバラちらし。

又野君の料理がどんどん出てきた。それらはそれぞれに、とても美味しかった。今の彼が優れた料理人であることは、吉田くんみたいな若造にもしっかりとわかった。

「……文明人？　何のこと？」

吉田くんの問いに、又野君は応えた。かつて文明人になれよと言った又野君は、基本的に昔のことをあまり覚えていない。

一年くらい前、又野君に会いに行った話もした。城址公園にも行ったこと。又野君はいなかったけど、ゾウはまだいたこと。

「おお、ゾウか。そういえばいたなあ」

対面に立った又野君が、煮穴子の寿司を握ってくれた。差しだす手首のあたりに傷の痕があって、それがとても懐かしかった。

「あそこにいたライオンが、逃げたことがあったよな」

又野君は吉田くんの覚えていない話をした。

城址公園のライオンが、どういう経緯かわからないけど動物園から逃げだした。ライオンは箱根に向かって一直線に逃げたらしい。翌日の小学校で校長が、ライオンが逃げたから気をつけるように、と、冗談のようなことを言ったらしい。

「そんなわけないじゃん」

「言われてみれば、そうだな。そんなわけない気もするな」

「ライオンが逃げたこと自体、又野君の夢だったんじゃないの？」

「……そうかもな」

又野君は寒ブリの寿司を握ってくれる。

「何で昨年、いきなり連絡が取れなくなったの？」

と、吉田くんは訊いた。

「まあ、俺には悪い友だちが多いからさ」

昔から又野君は、そっちの方面のことに言葉を濁し続けた。吉田くんは又野君が誘うなら、ふくろう星雲にだって付いていくつもりだった。だけど又野君は、言葉を濁し続けた。

「これは凄いぞ。飲めよ」

出てきたのは、オリジナルだという白子酒だった。ヒレ酒に裏ごしした白子を加えたものらしい。

素晴らしいじゃないか、と思った。基本的に又野君はロクデナシで、もしかしたら女性を泣かすようなことがあるかもしれない。だけど、こんな美味しいものを作れるなんて、素晴らしいじゃないか。

赤貝、マグロ、真鯖、と、又野君は次々に寿司を握る。その手つきに感心した吉田くんは、寿司についての質問をしまくった。

これが八艘握り、これは俵握り。三手や一手でのにぎり方を、又野君は教えてくれた。シューティングゲームは下手だったのに、目が覚めるような鮮やかな手つきだ。

「しのび屋ってもしかして、あのシノビから取ったの？」

「おお、そうだよ」

「覚えてる？」

それから二人は松本さんの話をした。彼女は今、北海道の歯科大で学んでいるらしい。昔のよしみで何かを安く売ってもらう、とか、ごちそうになる、とかいうのはよく聞く話だけど、虫歯を治してもらう、というのはどうだろうかと思った。

松本さんの前で口をあんぐり開けて、よだれを吸い取ってもらいながら、いろいろされるのはちょっと厳しいよな、そう言って二人で笑う。

松本さんのこと好きだったんだよな、こそこそと又野君は言った。それは、千恵さんに聞こえないようにそうしたのかもしれないけど、それだけじゃない気がした。僕らはいつもこそこそ声で松本さんとしゃべった。彼女の話をするなら、やっぱりこそこそ声が相応(ふさわ)しい。

それにしても、と吉田くんは思う。又野君が松本さんのことを好きだなんて、考えたこともなかった。だけどそんなことは最初からわかっていたような気もする。じゃなきゃ又野君が、図書委員の仕事を毎週するわけがなかった。それに吉田くんだって、松本さんのことがちょっと好きだったのだ。

六時近くになると、店にお客さんが入ってきた。

「いらっしゃい」

又野君と千恵さんは揃(そろ)って声を出す。

ゆっくり飲んでってくれよ、又野君は小さく言い、新たな仕事に取りかかった。

お客さんを相手にする彼は、もうすっかり、大将、という感じだった。昔、図書室のカウンターでイタズラしていた又野君は今、自分の店のカウンターで、自分だけの素晴らしい仕事をしている。

白子酒を飲みながら、吉田くんは夫妻を見守った。店をきりもりする二人の姿が、とても精悍(せいかん)で美しかった。

又野君は大切なものを守りきったんだ、吉田くんは泣きそうになりながら思う。又野君は血だらけになったり、歯を折ったりしながら、こんなところまで辿り着いたんだ。

良かったな、と思う。あれから僕らにはいろんなことがあって、又野君は生き急ぐように、吉田くんはイモムシのように日々を積み重ねてきた。だけどこんな日がくるなんて思ってもなかった。こんな嬉しいことってあるんだろうか、と思う。

お酒のせいもあって、頭がぼーっとしていた。幸せだな、と吉田くんは思った。思考は弛緩し、頭の中がバターのように溶けていく。図書室の光景と目の前の光景が、今、混ざりあって新しい風景になる。

いつか舞子さんと一緒にここに来よう、と思った。ゾウを見に行って、守谷のあんパンを食べて、しのび屋でふぐちりを食べよう。小田原城にも登って、記念メダルを作ろう。豆汽車にも乗ろう。

「デザートです」

寿司会席最後の一品にティラミスが出てきた。とても意外だったけど、美味しかった。良いマスカルポーネが入ったときだけ、それを作るらしい。スプーンで口に運ぶと、甘くて、濃厚で、遠くにほのかな大人の味がする。

吉田くんはまた、舞子さんのことを思う。

中間発表を終えた二人は、約束どおりデートをしたのだった。とても楽しかった。

来週も何処かに行こう、と吉田くんは誘い、うん、と舞子さんは言った。それから二人は、毎週のようにデートをするようになった。

先週、映画を観にいく途中のことだった。電車のなかで、知らない女子二人が話をしていた。

——なんかねえ、タマネギが苦手みたいなんだ。

——あー、わかる。私の彼氏は肉も食べられないよ。

——私の彼氏はハヤシライスも食べられないんだよ。信じらんないよ。

——えー、私の彼氏なんか餃子を食べられないんだよ。

なに、と吉田くんは思った。餃子を食べられないって、そんなやつがいるのか？

舞子さんも彼女たちの会話に興味を持ったようだった。二人ですました表情を作り、耳をそちらに向ける。

彼女たちは、自分たちの彼氏の偏食具合を競い続けていた。何でも元気によく食べる吉田くんは、少し優越を感じながらそれを聞く。女子Aの彼氏は野菜中心に、女子Bの彼氏は肉中心に、偏食の花を咲かせ続ける。

――あとねー、私は、すぐ蒸し返す人がだめ。

――あー、わかる。その話はもう終わってんじゃん、ってこと蒸し返すんでしょ。

――そうそう。あのときお前はこう言ったとかって、すぐ蒸し返すの。

――蒸し返してほしくないよね。

――蒸し返してほしくないよー。

――あとねー、私は、弱っちい人がだめ。

――えー、弱っちいってどんなの？

――なんかすぐ寒い寒いとか言うの。

――あー、いるよねー。すぐ寒いとか言うよねー。

僕はダメだ、と吉田くんはがっかりする。吉田くんはなかなかの寒がりだった。次の駅に着くと、彼女たちは降りていった。

吉田くんと舞子さんはその次の駅で降り、予定どおり映画を観た。映画はなかなか面白かった。そのあと夕飯を食べながら、映画の感想なんかを話した。

店を出て、帰りは歩くことにした。二つ先の地下鉄の駅まで歩き、そこから電車に乗ろうと計画した。二人は並んで、ゆっくりと歩き始める。

「ちょっと寒くなってきたね」

と、吉田くんは言った。

「うん」

「あ、」

吉田くんは気付いてしまった。

「どうしたの？」

「舞子さんは、すぐ寒いとか言う人はダメですか？」

あははは、と舞子さんは笑った。

「別にいいよ。寒いときは寒いよ」

「そうですよね」

「寒いのに薄着な人がダメなんだよ」

舞子さんはダッフルコートを着て、マフラーを巻いていた。舞子さんは厚着の似合う人だった。

「ちなみに僕は、何でもよく食べますよ」

「そうなんだ」

「当たり前ですよ。ハヤシライスを食べられないなんて、文明人じゃないですよ」

あはは、と舞子さんは笑った。夜の街に吐く息が白く映えて、きれいだった。

「だけど、蒸し返す人は、私も嫌だな」

「それは当然です。蒸し返したりするのは崎陽軒のシウマイだけで十分ですよ」

舞子さんはまた笑い声をあげ、吉田くんは好調を感じた。二人はにこやかに月夜を歩く。

「ねえ」と、舞子さんは言った。

「俺たち付き合ってるんだよね、って言って」

「え？」

「俺たち付き合ってるんだよね、ってちょっと言ってみて」

「何ですか、それは」

「いいから」

「俺たち付き合ってるんだよね」

「うん」

舞子さんは前を向いたまま言った。空には月が煌々と輝いていた。二人は少しのあいだ、黙って歩いた。

「すいません」

と、吉田くんは低い声で言う。

「次のデートで言おうと思ってたんですよ」

「何を？」

「舞子さんのことが好き、です」

「……本当に？」

「本当です」

「そうじゃなくて、いや、それもあるけど、本当に今度言おうと思ってたの？」

「はい。正確には、あと二、三回のうちに必ず言おうと思ってました」

「ふーん」

「ぼーっとしていてすいません」

「そんなことないよ。嬉しい」

「僕も嬉しいです」

「何が？」

「舞子さんに会えて嬉しいです」

「私も嬉しい」

「握手しませんか？」

「握手?」

「はい。シェイクハンドです」

吉田くんは右手を差しだした。二人は足を止め、向かい合う。握った舞子さんの手が柔らかくて小さくて、吉田くんは感動する。長い握手を終え、二人はまた歩きだす。

「ちょっと照れるね」

「ええ。でもいいですね、握手は」

「うん」

「また何度でも握手しましょう」

「そうだね」

「もう一回言ってもいいですか?」

「何を?」

「舞子さんが好きです」

あはは、と舞子さんが笑った。

やっと言えた気がした。

あの日、又野君や松本さんと息を潜(ひそ)めてから、やっとそれを言えた気がした。

「ごちそうさま」

吉田くんは又野君に声をかけた。ティラミスを食べ終え、濃いお茶をゆっくりと飲む。

「めちゃめちゃ美味しかった」

「それは良かった」

「今度さ、舞子さんと一緒に来るよ」

「何、彼女？」

「うん」

「へえー、爽やかにやってるじゃん」

お金を払おうとしたが、又野君は受け取ってくれなかった。押し問答する二人を、千恵さんが、にこにこと眺める。あと二回はごちそうさせてくれ、と又野君は言った。払いたいよ、と吉田くんは言った。

「じゃあ、あと二回、早く来てくれよ」

又野君はへらへら笑いながら言う。

「ここまで来られたのも、ナオのおかげなんだよ」

「なんで？」

「あんとき勉強教えてくれただろ」

そんなこと——。吉田くんはまた泣きそうになってしまった。それっぽっちのこと、どうだっていいんだよ——。

吉田くんは本当は、ずっと又野君と一緒にいたかった。いたかったのに、いられなかった。僕のあこがれで、僕の大好きな又野君は、いつだって誰より格好良かった。

「また来いよ。なるべく早くな」

又野君は店の外まで送ってくれた。

「次はちゃんと払うよ。就職して初任給も出るから」

「わかったよ」

又野君はいつだって、大切なことをちゃんとわかっていたんだと思う。何と闘わなきゃいけないのか、本当は昔からちゃんとわかっていた。そしてホンモノの絵を、濃い鉛筆でなぞるようにして描いた。又野君は守らなきゃならないものを、きっちりと、守った。

「握手してよ」

吉田くんは右手を差しだした。

「何だよ。酔っぱらってんのか？」

又野君は吉田くんの手を、ぐい、と握った。又野君の手はごつくて、大きくて、温度がなかった。この手で守っているのは、もうちっぽけなプライドだけじゃない。

「じゃあな」

「うん」

又野君と別れ、吉田くんは歩きだした。

空には月が出ていた。満月よりも美しい十六夜の月が、夜空に張り付いていた。

さまざまな感慨が、夜道を舞うように踊る。川沿いの道を、吉田くんはふらつきながら歩く。

又野君は自分の目の前にある本質をちゃんとわかっていて、立派な根を張った。いつだって又野君は、僕なんかにはできないことをあっさりとやってしまう。僕はサザナミなんかに惚れてしまう女子の目を覚ましてやりたかった。モテない自分にそんなことはできないけど、又野君に恥じない生き方をしなければならない。

酔っぱらってるな、と吉田くんは思う。酔っぱらってますよ、僕は。

川は暗く、水の音が小さく聞こえた。今は見えないけれど、前方には箱根の山があって、その向こうには富士山がある。いつだってそれは聳えている。

ふはははは、と突然、吉田くんは笑った。こんな夜道を、自分が一人で歩いているのがおかしかった。逃げたライオンに見つかったら、吉田くんのようなひ弱な生き物は、一撃で食べられてしまうだろう。

隠れろ！　前方に電柱を見つけて、吉田くんはダッシュした。

吉田くんは電柱の陰に身を潜めた。はーはー言いながら、何？　と声に出した。僕は一体、何から隠れているんだろう……。

体の位置を変え、さらに月光から逃れた。

吉田くんはいつもこうやって、身を隠してきた。お前なんかには見つけられないよ、そう思ってやってきた。わからないやつには永遠にわからない。だから自分を守るために、隠れ続けてきた。

守れるものの総量は、とても限られている。電柱を背にうずくまり、吉田くんは思う。呼吸を整え、電柱にもたれかかる。

だからこれからは、大切なものを自分から守りにいかなければならなかった。好きな人に告白したりとかそんなことは、当たり前にやらなきゃならない。キスとかそういうことも、さりげなくこなさなきゃならない。そしてまっとうな文明を守るのだ。

爽やかにやろう、と吉田くんは思った。

文明人は知性を秘めて、爽やかに返事をする。呼ばれたら、はいー、と応えて笑顔で振り返ろう。浮き立つ気持ちを解き放って、愛しいものを愛しいと謳おう。こぎれいな服を着て、歌うように世界を歩こう。抱きしめたいものを抱きしめよう。

吉田くんは立ち上がり、電柱から顔を出した。

見上げるこの街の夜空は、高くて広かった。月光をいっぱいに浴びながら、吉田くんはゆっくりと歩きだした。

男子五編

(and one extra episode)

彼女の買い物に付き合って、ホームセンターに行った。

その買い物について、彼女は随分(ずいぶん)前から計画を練っていたらしい。軽いモノから重いモノへ。メモを片手の買い物はスムースに進む。

金魚の餌(えさ)→モアイ像→ホテイアオイ→金魚藻(も)→砂→ユキボウズ→スイレン鉢。

陶器製のスイレン鉢は、直径が六十cmくらいある巨大なやつだった。彼女はそこで金魚を飼うと言う。僕はちょっと緊張しながら、それを運ぶ。

重いモノから軽いモノへ。それらは買ったのとは逆の順番で、アパートのベランダに設置されていった。

スイレン鉢に水が張られ、中央にはユキボウズが可愛らしく茂った。白い砂から金魚藻がのび、水面にはホテイアオイが浮く。最後にモアイ像が沈められ、ジオラマチックな水辺が完成した。

それはベランダの片すみで、何とも涼しげな一画になった。彼女は深く満足したらしく、膝をまげて水面を眺め続ける。
二、三日後に金魚を買ってくる、と彼女は言った。ホテイアオイをつつくと、鉢いっぱいに波紋が拡がる。
「金魚は袋ごと入れてやるといいよ」

と、僕は言った。

「知ってる。半日くらいおいて、水温が同じになったら放してやるんでしょ」

「そうそう」

誰にでも似たような金魚の思い出があるんだろうな、と思った。

「すくってきた金魚って、すぐ死ぬんだよな」

「そうかもね」

「祭りの日に金魚すくいをするんだけどさ、必ず次の日の朝には死んでるんだよ。それがおれの祭りの終わりなんだよ」

彼女は水面から目を離し、小さく笑った。

「ちゃんと飼う準備をしておかないからだよ」

「そうなんだよ。だけどそれに気付くのに五年かかったよ」

もう一度スイレン鉢を見て、僕らは部屋に戻った。彼女はお礼だと言って、気合いの入ったアイスティーをいれてくれた。

「うちの田舎は、祭りの日に学校が休みになるんだよ」

そう言うと、彼女は少し驚いた表情をした。

「みこしでもかつぐの？」

「いや、全然」

その祭りにどんな意味や歴史があるのか、といったことは全然知らなかったし、興味も無かった。ただ毎年その日は、学校が休みになり、こづかいが貰え、夜間に堂々と外出できる日だった。

神社を中心として並ぶ屋台の日常とは違う妖しさの中で、僕らは妙なテンションをあぶり出されてふらふら歩き、立ち止まり、境内の端に座り込んだ。

それは確かに、一年に一度きりの祭りだった。

その一、小編

小学一年生、夜祭りは大人と一緒に行くものだった。

食紅色のリンゴ飴や、チョコレートでコーティングされたバナナに、まだどうしようもなく心を惹かれてしまう年ごろだった。

同行する大人は、ああいうものには毒が含まれているからダメだ、と言った。その説明もリンゴ飴も、どっちも子供だましだよな、と思っていた。

神社にお参りをして、そのあと山車を見物した。ひゃらららー、という笛の音と、見物人のまばらな拍手が混ざる。『なまず押さえ』という山車に、僕は、ほほう、となっていた。くるん、くるん、と回転するからくりナマズを、赤い頭巾を被ったからくり老人が捕まえようとしている。

隣の山車の前には、見物人がどこよりも多く集まっていた。

山車の上では自分と同い歳くらいの女の子が、赤い着物を着て踊っていた。真っ白なおしろいに、鮮やかな口紅。その子が笑顔を作り、首をかしげるような動作をするたび、見物人がばしゃばしゃとフラッシュを焚く。それは何となく、小学生が見てはいけないもののような気がした。

一通り山車と夜店を見物し、最後に金魚すくいをやらせてもらった。

三十ワットくらいの裸電球の下で、朱や黒の金魚が泳いでいた。自分の位置をキープしてしゃがみ、僕は水面をにらんだ。背後から通行人のざわめきと、下駄の音が聞こえる。

ポイを斜めに水に入れて斜めに抜くといい、と、同行した大人は言った。そうすればもなかは破れない、というのだけれど、いまいち腑に落ちていなかった。斜めに入れるのはわかるけど、タテに持ち上げなければ、金魚は取れないじゃないか。

黒いデメキンをしつこく狙っているうちに、もなかのポイはふにゃふにゃと崩れ落ちてしまった。思いきり落胆していると、店のおじさんが金魚を一匹袋に入れ、手渡してくれた。何て優しい人なんだろう、と、そのときは本気で思った。

家に戻り、洗面器に金魚を放してやった。赤い金魚は気持ちよさそうに尾びれを揺らす。食べるかな、と思ってパンくずを落としてみた。だけど全然食べなかった。

いろいろ大きさを変えて落としているうちに、水面はパンくずでいっぱいになってしまった。もう寝なさい、と隣の部屋から声が聞こえる。

次の日、目覚めると一番に洗面器を見にいった。黄色い洗面器のはじに、横になった金魚が浮かんでいる。

金魚を庭に埋め、アイスの棒を立てた。

どうして死んだんだろう、と思った。何だか理不尽だった。あんなにエサをやったのにな、と思っていた。

◇

小学二年生の春、学校から帰る途中、偶然、ひばりの巣を見つけた。

まわりより一段高く区分けされた住宅の造成予定地があって、僕は近道をするためにそこを横切っていた。予定地に大きく『玉』の字を書くと考えれば、『、』をうつあたりに、その巣はあった。細い枯れ枝を大量に編（あ）んだ巣の、緩（ゆる）やかなくぼみの中央に、小さな卵がひとつだけある。

おおお、と小学二年生はうなった。その〝発見〟に激しく興奮していた。

それは自分だけが知っている、小さな鳥の巣だった。やがてこの卵からは、ヒナが孵（かえ）る。

親鳥がエサを運び、ヒナは力いっぱい口を開ける。大きく育ったヒナは、いつか巣を飛び立つ。

巣の脇にしゃがんで、僕は卵を眺め続けた。これから毎日見にこよう、と思った。誰にも〝秘密〟にして、毎日学校帰りに見にこよう。

頭上を旋回する小さな鳥が、ぴちちちち、と鳴き声をあげていた。もしかして親鳥なのかな、と思った。

「すげーよ」

次の日の朝、僕は興奮気味に声を出していた。

「ひばりの巣を見つけたよ」

やっぱり小学二年生に、まだ〝秘密〟は無理だった。

「どこ？　どこで？」

と、ミズノ君が訊く。

「うちの近く。学校終わったら見にいこうぜ」

学校が終わると、ランドセルを背負ったまま、巣を見にいった。

造成予定地に着き、頭の中で大きな架空の『玉』の字を描く。確かあのへん、と『、』のあたりを指で差す。足下に気を付けながら、僕らは造成予定地の中を進んだ。

茶色い石と迷彩になった巣は、よく見つめないと見逃してしまう。確かこのへん、と目をこらせば、小石にまぎれたその巣が、昨日と変わらずちゃんとある。

おー、とミズノ君は声をあげた。僕らは巣の脇にしゃがみ、小さな卵を見つめた。ミズノ君は卵に手を伸ばし、慎重な様子でつまむ。卵を顔の近くに持っていった、その瞬間だった。

卵はミズノ君の指の間で、ぱりん、と簡単に割れた。薄い黄土色のどろりとした液体が、ミズノ君の親指から垂れた。ミズノ君は小さく、「わ」と言った。

お前よー、と僕は思った。落胆と後悔が湧いて、泣きたいのと怒りたいのがごちゃ混ぜになった。二人でここに着いて、まだ一分も経っていない。やっぱりちゃんと〝秘密〟にしておくべきだったのだ。

「それ、やべえよ」

大きな声で僕は言った。

「ひばりの卵は毒だから指が腐るってよ」

ミズノ君は驚いた顔で僕を見た。彼の親指からは毒に相応しい見てくれの、どろりとした液体が垂れている。

何でそんな嘘をついたんだろうな、と、早くも僕は考えていた。中空の一点に親指を固定したまま、ミズノ君は表情を固まらせている。僕は言葉を継ぐ。

「すぐ洗わないとやべえよ。早くしたほうがいいよ」

うわー、と言って、ミズノ君は立ち上がった。

僕らはミズノ君の家を目指して走りだした。全速力だった。造成予定地を駆け抜け、段を飛び降りた。それにしても、と思う。どうして僕はそんな嘘をついたんだろう。

全速力で走ると、気持ちが少しだけ晴れていく気がした。多分、嘘をつかなかったら泣いてしまっていたんだと思う。

ぴちぴちぴちぴちちちち、と、上空で鳥が鳴いていた。

◇

小学校三年になった。祭りは友だちと一緒に行くものになっていた。

神社の境内のすみにベニア板が並べられた一画があって、そこでは三十人位の小学生が地べたに座って一心に作業をしていた。祭りで一番人気のあるカタ抜きだった。

『菊』という凄まじく難易度の高いカタを仕上げると、一万円貰えるという伝説があった。

僕らは百円払って、おじさんからそれぞれのカタを受け取る。

僕らの中でカタ抜きと言えばマッキーだった。マッキーは去年『ヒコーキ』というカタを完成させ、賞金の五百円を貰った。それは小学三年生にとっては、英雄的な成果だった。

僕らは作業を始めた彼を囲む。

「まずはワリだよ」

と、マッキーは言った。

お菓子でできたカタの余白部分のうち、道具を使うまでもない部分を手で割ってしまう。マッキーは『チューリップ』の右上と左下の余白部分を、無造作に取り去る。

「次はホリだよ」

と、マッキーは言った。チクチクと呼ばれる針の道具を使って、カタの輪郭を深くしていく。

「最後はケズリ」

輪郭から外側へ衝撃を逃がすための放射状の溝を彫ってやる。あとはひたすら集中力を持続させ、外側からカタを削っていく。

僕らはそれぞれの場所で、自分の作業を開始した。ホリまでは問題ないが、ケズリが小学生には難しかった。だけど簡単なカタなら、大体の形にはなるものだった。

「できた！」

しばらくしてフランケンが叫んだ。

フランケンは完成した『ひょうたん』をおじさんに見せにいった。おじさんは彼の『ひょうたん』をチェックし、ここがまだダメ、と言った。

僕らは作業を続けた。途中でフランケンが「あっ」と声をあげる。『ひょうたん』はつなぎ目のところでまっぷたつになっていた。

フランケンは新しいカタを買いにいった。慎重なマッキーのケズリは、まだ半分も終わっていない。

やがて僕の『コマ』が完成した。『コマ』は一番簡単なカタなのだ。僕はおじさんに完成品を見せにいく。

うん、とおじさんが無感動に言った。

彼は僕が完成させた『コマ』をぱきんと割り、隣の灯油缶の中に、ぽい、と捨てた。彼は百円を差しだし、僕はそれを受け取った。そのお金で、僕はまた新しいカタを買う。

モンキービジネスという言葉を、当時はまだ知らなかった。日がくれるまで、僕らの作業は続いた。お金がなくなったので、その年は金魚すくいをしなかった。

◇

小学四年の春だった。学校の帰り道、僕と川田(かわだ)君とフランケンは『探検』をしていた。そこは長い間人が入った様子のない、細長い空き小屋のようなところだった。何で急にそんなところに入ろうとしたのかはわからない。僕らは毎日、その小屋の前を通っていたのだが、それまでは気にしたことのない場所だった。蹴(け)った石ころが小屋の中に入ってしまったのが、きっかけと言えばきっかけだった。

最初はリーダーの川田君が、隙間(すきま)から小屋の中をのぞいた。フランケンと僕もその隣で中をのぞいてみる。あまり中は見えなかったし、大して面白いモノがあるようにも思えなかった。

だけどその場所の『探検』に、小学四年生は一番相応(ふさわ)しい年齢だった。一年生には怖すぎるし、六年生では好奇心が足りない。入り口として考えられるトタン屋根の下の隙間も、四年生にちょうどよい大きさだ。

壁をよじ登り、僕らは小屋の中に侵入した。

内部は暗くて、湿った木のにおいがした。所々から漏れる光が、小屋の内部を薄く浮かび上がらせている。目が慣れると、足下を見ることができた。

脇に長い竹が十本くらい束ねて置かれてあったが、形が判るものはそれだけだった。歩くたびに、ぱきぱきと何かが割れるような音がする。僕らはゆっくりと、奥へ進む。

途中でフランケンが、うおっ、と声を上げた。フランケンの足下には、白いものがあった。それが骨だと判って、僕らは、うっわ、と声を上げた。

しゃがみ込んで観察すると、どうやらそれは頭蓋骨みたいだった。小さいけれど、ちゃんと眼窩が二つある。気をつけて見てみると、周りにもたくさんの小さな骨が落ちていた。

「ネコだよ、ネコ」

何でもないように川田君が言った。僕らのリーダーは強気な男だった。リーダーに続いて、僕らはさらに奥へと進む。

突き当たりには、板きれで囲ったような一画があった。五十cm四方ほどのその一画は、他のどんな場所とも違っていた（何故だか直感的にそれが判った）。被さっていた紙のようなものを取って、僕らは中をのぞき込む。

中では白と黒の子ネコが三匹、身を寄せ合っていた。

「ネコみーっけ」

十円ガムで当たりが出たときのようなトーンで、川田君は言った。僕らのリーダーは迷うことなく一匹の首根っこをつかみ、ひょい、とつまみ上げる。

生まれたて、という感じのネコだった。まだ声を出すこともできないような子ネコだ。遠くで親ネコの鳴く声が聞こえた。その声は少し前から聞こえていたのかもしれない。

「持って帰ろうぜ」

と、川田君が言った。

それは可哀そうなんじゃないかな、と思ったけど、リーダーの意向は何よりも尊重されるものだった。そういうタイプのリーダーだった。

一人一匹ずつネコを抱え、僕らはぞろぞろと小屋を出た。明るい世界に戻ると、自分たちは思いのほかこの〝発見〟に興奮していた。

「こいつらは俺たちが育てよう」

と、川田君が宣言する。

「どこ？　どこで？」

と、フランケンが騒いだ。

「青田基地がいい」

と、僕は提案した。

青田荘のとなりの空き地には、古い農具置き場のようなところがあって、僕らはそこを青田基地と呼んでいた。中には古い脱穀機や、竹で作ったザルが置いてあり、ワラの上で寝ころがることもできる。

毎日牛乳を飲ませよう——。僕らは基地に向かいながら作戦をたてた。エサは給食を持ち帰ればいい。すっかり愉快な気分だった。大きくなったら学校にも連れていこう——。

途中で段ボールを拾い、僕らは基地に到着した。三匹のネコは段ボールの中で、おとなしく身を寄せ合っている。一旦家に戻ったフランケンが、牛乳を持ってくる。

ネコを置いたことで、青田基地がやっと正しく意味を持ったような気がした。この基地には『秘密』の理由がちゃんとある。もうごっこなんかじゃない。

僕らは暗くなるまでそこで騒いだ。ネコはぺろぺろと牛乳をなめる。

毎日ここに来よう、と川田君が言った。宿題もここでやろうぜ、とフランケンが言う。お前らはどうせそのうち飽きて来なくなるけど、と、僕は思った。僕だけは来る。絶対に毎日来る。

「じゃあ、また明日な」

モノ言わぬ三匹に告げて、僕らはそれぞれの家に帰った。ご飯を食べ、風呂に入り、テレビを見る。そしていつもと同じように眠った。

次の日になった。

いつもより随分早い時間に僕は目覚めていた。多分、興奮が微熱のように続いていたんだと思う。親も弟もまだ起きていない。

冷蔵庫から牛乳を取りだし、僕は一人、青田基地に向かった。

静かな早朝だった。基地に着くまで誰ともすれ違わなかった。そして、その犬と対峙した。

基地の入り口近くにいた犬は、近付いてきた僕を一瞥して、低くうなった。

近所の小学生に心の底から嫌われ、ときに恐怖されている犬だった。放し飼いされていたその犬は、車輪のあるものに激しい敵意を燃やしていた。自転車や自動車が近付いてくると、低い位置から威嚇的に吠え、通り過ぎると、ぎゃんぎゃん吠えながら追いかけた。ありゃあ先祖が猟犬だからなあ、と大人は言う。

その犬が今、青田基地の前で、何かに気付いている様子だった。己の縄張りの真ん中で何かに気付き、しかしその何かの正体が分からず、苛立っているようにも見えた。

足を止めた僕は、犬とにらみ合った。

こんなとき川田君なら、思いきり石でも投げつけて追っ払っただろう。だけど一人の僕は、ただそこに立っているだけだった。

やがて犬は僕から視線を外し、辺りの様子をうかがうような動きに戻った。僕は牛乳ビンの蓋を外し、三歩進んで地面に置いた。犬は再び僕を見た。

できるだけ何でもないような様子で、まわれ右をした。犬の注意を牛乳に引きつける作戦だった。その間に基地の裏にまわり、ネコを助ける。

犬の視界から外れる位置まで歩き、そこから音を立てないようにダッシュした。青田荘の敷地を一気に抜け、細い路地を二回右折して裏側にまわる。青田荘の壁つたいに歩き、基地の前で足を止める。そろそろと板壁に近付き、張り付くようにして中の様子をうかがった。

だけどそのとき、犬は既に基地の中に侵入していた。段ボールの前まで来た犬が、ゆっくりとそこに、首を差し入れる。

首を出した犬の顎が、一匹のネコの首筋をしっかりと捕らえていた。犬はぶるぶるっと首を振り、ぽい、と放した。ワラの上に、ネコが、とすん、と落ちる。

あまりの光景に、僕は硬直していた。犬は再び段ボールに首を突っ込み、同じ手順を同じスピードで繰り返す。さっき落ちたネコのとなりに、同じ大きさのネコが、とすん、と落ちる。

三匹目が段ボールから引きずりだされたとき、僕はようやく壁をばんばん叩き、わあ、と声を出した。犬はしかしこちらを見ることもなく、正確に最後の作業を終えた。僕はふらふらとその場を離れた。

何故だか学校に向かって歩き、橋を渡ったあたりで足を止めた。早朝の通学路に、人は一人もいない。

見上げれば、遠く伊吹(いぶき)山が見えた。山はいつも通り霞(かす)んでいる。街はまだ眠っていて、音もない。

しばらくして基地の入り口に戻ると、犬はもういなかった。少し離れたところに、牛乳ビンがぽつんと置いてある。何が青田基地だ、と僕は思う。

ビンを回収し、のろのろと歩いた。

完全に僕のせいだな、と思った。親ネコから奪ってきたくせに、怖くて救えなかった。完全に僕のせいだった。それは何かに置き換えようもないほど、重い罪に思える。だけど僕は悪くない。僕だけのせいじゃない。ぐるん、ぐるん、と僕は思った。だけど……、悪いのは僕だ。

決定的に終わってしまったんだな、と思った。今まで何度も叱られたり、後悔したり、ごまかしたり、泣いたり、嘘泣きしたり、謝ったり、謝らなかったりしたけど、今回はそういうのとは違う。決定的なこと、そういうものがあるんだ。もう考えたって、どうしようもないんだ。

家に戻る途中で、ビンを川に投げ捨てた。どぼん、と音をさせてビンは沈み、白煙があがるように白く、川面（かわも）が濁（にご）る。

昭和五十年代だった。田舎（いなか）にはまだまだ放し飼いの犬というものがいて、小学生と攻防を繰り返していた時代だった。

◇

小学五年生になった。

例の犬を最近見ないな、と思っていたら、腹の病気で死んだということだった。結構、苦しんで死んだらしいぞ、と大人は言う。

ネコの呪（のろ）いだよ、と川田君は言った。

◇

小学六年生になった。

その頃には祭りの日は、ただ〝学校が休みになるラッキーな日〟になっていた。

僕らは友だちの家に集まって、ゲーム&ウォッチをやった。『ファイア』で人命を救助し、『ヘルメット』で落ちてくるスパナをよける。『オクトパス』で蛸足（たこあし）から逃れ、『ポパイ』でほうれん草を食べる。飽きるとその辺にあるマンガ本を読んだ。

夕方になり、じゃあ祭りでも行くか、となった。

僕らは連れだって神社に向かった。途中、トーガが亀すくいの前で足を止め、やってみようかな、と言った。トーガは百円を払い、金魚すくいより一まわり小さなポイを受け取った。

小さなミドリガメが、ホーローの容器の中で、もがくように泳ぎ続けていた。タマコシの二階で四百円で売っているのと同じくらいの大きさの亀だ。

数十匹のミドリガメに混ざって、一匹のゼニガメがいた。ゼニガメはゼニガメだけに、千円札を背負わされていた。三回折られて正方形になった千円札が、こうらの上に輪ゴムで留められている。札の浮力のためか潜ることができず、水面近くで不格好にもがいている。

トーガは当然それを狙った。店のおじさんが、厳しい目でこっちを見る。トーガのポイはしかし、亀をすくい上げた瞬間に崩れ落ちてしまった。

僕らは順番にポイを買い、同じ亀を狙った。しかし結果はトーガと同じだった。

「これ、本当にすくえんの？」

オカシンが独り言のように言った。おじさんは黙って、もなかに針金を刺す。

「斜めに入れて斜めに抜く」

おじさんは自分のポイを亀の脇に差し入れ、すっと引いた。もなかの上には確かに亀が乗っている。おじさんは亀を水の中にぼちゃん、と落とした。

「斜めに入れて斜めに抜く」

おじさんはもう一度、同じもなかで亀をすくった。僕らは黙ってそれを見つめる。

トーガがもう一回だけ、亀すくいにチャレンジした。斜めに入水して、そっと引き上げる。だけどもなかは簡単に破れてしまった。僕らは立ち上がり、神社に向かう。

「あれ、針金の刺し方が違うんだぜ」

「絶対、そうだよ」

僕らは口々に言い合った。

亀すくいも、カタ抜きも、射的も、リンゴ飴も、スマートボールも、うなぎ釣りも、結局、小学生をハッピーにはしない。小学生はどこへも行けない。だったらゲーム&ウォッチのほうがよかった。

多分、小学生は世界で一番孤独な季節を過ごす。

振り返れば楽しかったとも、何も考えていなかったとも、思える時期だった。だけど本当は、誰にも理解されず、言葉も術も何も持たず、ただ狂おしいほどのろのろ過ぎる時間を、じっとやり過ごしていたんじゃないかと思う。

小学生には茫漠とした未来と、掴みどころのない現在しかない。膨大な時間が、膨大な時間をかけて過ぎていくのを、小学生はただ、じっと待ち続ける。

帰り道、金魚すくいをやる、と僕は言った。

「金魚すくい？」

と、トーガは声をあげた。

「マジで？」

と、オカシンが言う。

「ちょっと待ってて」

僕は一人、金魚すくいの屋台に向かった。百円払ってポイを受け取ると、適当に目安をつけて、ささっと三匹の金魚をすくった。おじさんにお椀を渡して、金魚を袋に入れてもらう。

低学年のころ難しかった金魚すくいも、高学年には楽勝だった。僕らは来年、中学生になるのだ。

「三匹か」

僕の手元の袋を見て、トーガは笑った。

「もう帰ろうぜ」

と、オカシンが言う。

四丁目の角で、僕らは別れた。

家には昨日から汲み置いた水が用意してあった。砂と水草も、ちゃんと川から取ってきてあった。金魚は袋ごと水槽に入れてやればいい。まずは温度に慣らすところから、スタートするのだ。

二匹は一週間くらいで死んでしまったけれど、最後の一匹だけは長く生き残った。エサもよく食べ、元気に生き続けてくれた。

梅雨の時期を過ぎると、小学生の最後の夏がやってくる。

夏休みも終盤となった、ある日のことだ。朝起きると、金魚が横向きになって水面に浮かんでいた。

僕は金魚をティッシュに包み、川に流しに行った。

これでようやく祭りが終わった気がした。中学生になったら、もう祭りなんて行かないだろう。金魚すくいも、もうすることはないだろう。

角刈りのウチノがサッカーボールを持って遊びに来ていた。ウチノは乱暴な男で、だけど妙に人懐っこい男だった。

「中学になったらサッカー部に入ろうぜ」

川に水草を捨てる僕の隣で、ウチノが言った。ヤツは昨日も同じことを言っていた。

「ああ」

と、僕は返事をした。

「入るよ、サッカー部」

水草は水面に浮かんだまま、川下へと流れていく。隣でウチノが、嬉しそうに笑う。

ほい、と言ってヤツはパスをよこした。僕もパスを返す。

五丁目の公園ではマッキーとオカシンが待っているはずだった。マッキーとオカシンも、サッカー部に入るって言うだろうか。
もうすぐ夏休みも終わりだった。
僕らは交代でドリブルをしながら、五丁目の公園に向かった。

その二、中編

「パパはビートルズだったの？」と、息子ショーンは言った。

そのひと言によって音楽活動を再開したジョン・レノンが、一九八〇年の十二月、マンハッタンの自宅へ戻る途中、凶弾に倒れた。

犯人のマーク・チャップマンのポケットの中には、サリンジャーの『The Catcher in the Rye』が入っていたという。警官が現場に駆けつけるまで、彼は舗道に座ってその本を読んでいた。

当時、僕は小学五年生だった。ジョン・レノンのことは知らなかった。まだまだ田舎には放し飼いの犬がいて、小学生と熱い攻防を繰り返していた頃の話だ。

次の年の三月には、ジョン・ヒンクリーという男が、大統領のロナルド・レーガンを狙撃し、重傷を負わせた。彼のポケットの中には、女優のジョディ・フォスターに宛てた手紙が入っていた。彼もまた『The Catcher in the Rye』の愛読者であったという。

僕は小学校六年生だった。剣道の得意なモリオカ君が、大阪に転校していったのを覚えている。ゲーム&ウォッチが流行(はや)っていた頃の話だ。

次の年の四月、僕は中学校に入学した。

僕のポケットの中には、輪ゴムとかクリップとかそういうものが入っていた。一年四組で出席番号は十六番。ウチノがうるさく誘ってきたし、『キャプテン翼』が流行っていたこともあって、サッカー部に入った。

市内の中学校には男子全員丸坊主というきまりがあったので、タカハシ理容店に行って刈られてきた。今ならひどい話だと思うが、当時は「坊主……」と思ったくらいで、あまり深くは考えなかった。五分刈りの頭は、触(さわ)ってみると意外に気持ちよかったし、顔を洗うついでに頭も洗えた。

坊主頭の中身の半分は、タイガーマスクやブルーザー・ブロディ、立花(たちばな)兄弟やガンキャノンなどといった、雑多なもので占(し)められていた。残りの半分は、クラスの女子のことが詰まっていたと思う。

女子の人気はだいたい一極に集中するものだった。何人かで話をすると、Aさんが好きというものが半分を占め、残りの半分のうちまた半分がB派となり、残りのまた半分がC派という感じになる。中には強硬に、俺はIさんがいいと思う、と人と違うことを言い張る者もいたが、実はそういう者だけが、明確で具体的な恋のビジョンを持っていた。僕は大相撲で言えば逆鉾が好きなタイプだったので、三番人気のCさんが好きだ、などと言っていた。Cさんにはいぶし銀の魅力があった。

だけどそれとは別に、どうしても気になる同級生がいた。

彼女のことを好きとか可愛いとか言う者はおらず、僕も何となくそれを口にしてはいけない気がしていた。だから考えてみたら、今までそのことを口にしたことは一度もない。

彼女は僕より十cmくらい背が高かった。今から考えれば美人だったと思うけど、当時は全くそういう評価を聞かなかった。何と言うか、他の中学生とは違う尺度で、彼女は生きていた気がする。

例えば、クラスの女の子は例外なく、眉毛ギリギリのところで前髪を揃えていたが、彼女の前髪は目の下までのびていた（それは多分ブリティッシュ・ポップなどと関係があったと思う）。だけど当時のトラッドな不良とはあまりに方向性が違ったため、そういう連中や教師たちから咎められるようなこともなかった。

つまりホットロードとかリーゼントの世界とは違う、文化的な尖り方を彼女はしていたんだと思う。僕のまわりの男子は、まだまだ超人オリンピックとかアシュラマンとか、そういうことを言っていた。

注目して見てみると、彼女は明らかに中学という箱から浮いていたが、非常に地味な女友だちのグループに入って笑っていたりした。僕はそんな彼女のことが気になってしょうがなかった。

彼女と一緒の班になったときがあって、そのときなぜか、班ノートというシステムがあった。班ノートに今日あったことや考えたことを書き、次の班員にまわす、つまり学級公認の交換日記みたいなものだった。

だいたいの班員は、○○がムカツクとか、△△をしてルンルン気分だとか、そういうことを書いた。だけど僕は彼女の気を引きたい一心で、班ノートにびっしりと文字を埋めた。――自分のこと、部活のこと、漫画のこと、友だちのこと、昨日の給食のこと。

彼女の番になると、彼女は僕に負けないくらいの細かい文字で、ノートを埋めてきた。多分、中学という箱から浮いた彼女にも、言いたいことがたくさんあったのだ。僕は班ノートを通じて、少しずつ彼女のことを知っていった。

まず、彼女には少し歳の離れたお兄さんがいた（お兄さんのことは兄貴と呼んでいる）。うちの兄貴はパンクだ、と班ノートには書いてあった。モヒカンの似顔絵が添えてあったのだが、パンクでモヒカンの兄と同居するということがどういうことなのか、僕にはいまいち想像できなかった。

僕の弟は鉄道好きで、陸上少年団に入っていたし、僕らのオシャレは、ジャージのチャックを何センチ開けるかとかそういうことだ。

洋楽アーティストのコンサートに行った話も書いてあった。

とにかく最高！　ということだった。彼女はコンサートが終わると、地べたに座って仲間と酒を飲んだらしい。

だけどその仲間というものが、うまく想像できなかった。僕の仲間は大垣北中から一歩も出なかったし、部活のあとに飲むのはチェリオだった。チェリオの王冠の裏蓋(うらぶた)をめくると、ときどき〝あたり〟が出て、そんなときは「よっしゃー」と雄叫(おたけ)びをあげた。

洋楽アーティストのコンサートには行かなかったが、僕らは年に一度、地元のスポーツセンターに行った。そこには小中学生を追いかけまわす、異形(いぎょう)のアイドルがいた。

彼の名はブルーザー・ブロディといった。職業はプロレスラー。身長198cm、体重135kgの彼は、長い鎖を振りまわし、「ウォ！　ウォ！」と吠(ほ)えながら入場してきた。ナチュラルにビルドアップされた肉体と、雷に打たれたような長髪。グレゴリーを倒して作った（ような感じのする）毛皮のベストと、ぶ厚いブーツが格好良い。

彼の通り名は『超獣』で、誰が考えたのか知らないが、その通り名は完璧(かんぺき)に彼のものだった。彼は確かに人間を超えた超獣で、生の肉体をもって小中学生を驚愕(きょうがく)、震撼(しんかん)させるものとして彼以上の存在は無かった。芸能人はオーラが違うとか、スポーツ選手はガタイが違うとか、そういうのは所詮人間レベルの話なのだ。

人間を超えた超獣はしかし、ブルース・リーやモハメド・アリなどとは違って、意外と身近な存在だった。超獣は年に一度、巡業バスに乗って、僕らの街にやってくるのだ。

会場にレッド・ツェッペリンの「移民の歌」が流れると、入場口には期待に満ち満ちた小中学生が集まる。入場口の向こうからチャリン、チャリン、と鎖の音が聞こえると、一呼吸置いて超獣が姿を現す。群がりよった僕らはしかし、すぐにクモの子を散らすように逃げまわることになる。ブルーザー・ブロディは長い鎖をぶんまわしながら、僕らを追いかけまわすのだ。

僕らは半笑いで会場を逃げまわった。笑っていたけど、決してふざけているわけではなかった。あの鎖が頭に当たったら坊主頭の中学生なんかは死んでしまう、そんな緊張感もあった。

ひとしきり僕らを追いまわしたあと、超獣はリングに上がる。彼の存在感と尋常でない行動は、あっという間にスポーツセンターを非日常の異空間に創りあげる。プロフェッショナルな彼は、地方の小さな体育館でもきっちり己の仕事をするのだ。

僕らがスポーツセンターで逃げまわっているころ、彼女は名古屋に遠征していたらしい。

週末は名古屋、という書き方が班ノートにはしてあった。

週末は名古屋——。それは当時の僕らにはもの凄(すご)いことに思えた。僕らが「街に行く」という言い方をしたとき、それは大垣駅前に行くことを意味していた時代なのだ。

今でいうクラブのようなところに行ったり、道ばたで仲間とだべったりして、彼女は朝まで過ごすのだという。そこには地元(ネイティブ)の不良とはまた違う、何というかカウンター・カルチャーの香りがした。

だけど僕らのサッカー部では、すねあてに『必勝』と書くのが流行っていた。

一年生の頃、サッカー部には鉄の掟(おきて)があった。

一つ、先輩を見かけたらその場で声に出して挨拶(あいさつ)する。一つ、その際、先輩が見えなくなるまで顔を上げてはならない。一つ、着替えは部室の外で行う。一つ、先輩より先に集合する。

一年生の主な活動は、その掟を守ることと、球拾いと、走り込みだった。一年生はただ『サッカー部』をやっているだけで、フットボールをしているわけではなかった。先輩がいないときだけ、砂場でこっそりオーバーヘッドキックの練習をした。

一年生と上級生を見分けるのは簡単だった。一年生は白い運動靴を履(は)くが、上級生は黒い革製のスパイクを履いている。つまり一年間頑張ったものだけが、進級時にスパイクを履ける。

一年生は強烈にスパイクにあこがれた。早くスパイクを履きたかった。たまに頭数として試合形式の練習に駆りだされるとき、先輩のスパイクは凶器だった。

木根先輩と接触して足を踏まれたとき、僕の運動靴には、丸くきれいな穴が開いた。足の甲から出血し、激しく痛んだ。

「わりぃ」

ディフェンスに戻りながら、木根先輩は簡単に片手を上げる。

やがて二年生になると、待ちに待ったスパイクテストが顧問の先生によって行われた。一人一人、基礎練習の成果を見せる。「よし」と先生が言ったら合格、不合格者は次の日にまたテストを受ける。

三日間のテスト期間を経て、僕らは晴れてスパイクを履く許可を得た。

プーマ、アディダス、アシックス、ミズノ、と、何種類かのスパイクメーカーがあった。ボンバー、インジェクター、ミラノ、ブンデスリーガ、ロッテルダム、と、様々なモデルがあった。僕はミラノを買い、宮下君はゴールキーパーなのにマラドーナ・モデルを買った。

スパイクを履けたのは嬉しかったけど、サッカー部の練習は厳しくなった。僕らは西中や南中や東中には勝てたけど、江並中には勝てなかった。何としても江並中に勝たなければならなかった。

へとへとに疲れて家に帰り、夕飯を食べるとすぐに寝てしまった。夜中に目が覚めたときだけ、机に向かう。電球の下でラジオを聞きながら、彼女の書いた班ノートを眺める。彼女のプロファイル欄は、いろいろなカタカナの固有名詞で彩られていた。それらは各種カルチャーの窓口のごとくキラキラと輝いている。そこにあるひとつひとつを、僕はただ眺める。

J・D・サリンジャー『ライ麦畑でつかまえて』

彼女の愛読書の欄にはそうあった。

どんな本なんだろう、と僕は思った。J・D・サリンジャー、というのはとても爽やかで、きれいな響きだと思った（アシックスやボンバーやアシュラマンとは随分違う）。広大なライ麦畑に思いを馳せながら、僕はその物語を想像した。

アメリカだな、と思った（これは当たった）。なんとなく『スタンド・バイ・ミー』のようなものを想像した（これは大きく外した）。

僕らは同じ班だったから、一緒に給食を食べたりはしたけど、まともに会話を交わすことはなかった。班ノートを通じて、少しのことを知り合っただけだった。僕は彼女を意識していたし、彼女も僕を意識していたと思うのだが、特になんということはなく、そのまま日々は過ぎていった。当時の僕らは全体的にそんな感じだった。

だけど一度だけ、彼女と二人きりで話したことがあった。

二年の夏休み、夏休みだから班ノートをまわす必要はないのだけれど、誰かが冗談でそれをまわした。受け取った者がまた冗談で次の者にまわし、その次に僕のもとにまわってきた。

自分が何を書いたのかは、全然覚えていない。だけどまあ多分、立花兄弟とかガンキャノンとか、そういうようなことを書いたんだと思う。次は彼女の番だった。

僕は自転車に乗って、彼女の家に向かった（家の場所は誰かに聞いて知っていた）。

夏休みはもう中盤を過ぎていた。確か午後四時くらいで、よく晴れた日だったと思う。

その日、自転車を漕いでいるときのペダルの感じとか、空の高さのようなものを、何故だかよく覚えている。ホチキスで留めただけの、班ノートの破れそうな感じとか、薄いピンクの表紙が風にはためく感じとか、そういうことも記憶に残っている。

呼び鈴を押すと彼女が出てきて、僕は班ノートを手渡した。初めて見る彼女の私服姿だったけど、それがどんなだったかは覚えていない。

「これ、班ノート」

「うん」

彼女は少し驚いた顔で、班ノートを受け取った。それは三年間で、僕が覚えている彼女との唯一の会話だ。

中三の夏、僕らは初めて江並中に勝ち、県大会まで進んだ。念願の県大会出場だったけど、一回戦、スコア1—4であっさりと負けた。

北斗神拳伝承者のケンシロウは、宿敵シンを倒し、殉星のレイと出会った。

そのレイがラオウに倒されたころ、僕の中学生活も終わった。

その三、高編

壊れたのは一時間前かもしれないし、一年前なのかもしれない。何年かぶりに押してみたカセットデッキのボタンは、何の反応も示さなかった。

デッキにはテープがセットされている。だけどこれは、一体何のテープなんだろう……。

唯一反応したのは、巻き戻しボタンだった。押してみると、アナログ的な摩擦(まさつ)音を発しながら、リールの逆回転が始まる。過去へと向かう一方通行(ワン・ウェイ)——。

最後にカセットテープで音楽を聴いたのは、いつだったのか、そのあたりの記憶は全くなかった。

くるくるくるくるくるくるくるくる。

やがてテープは最後まで巻き戻り、かちゃん、といって止まった。それで全(すべ)てのボタンが反応しなくなった。

「あけてみようよ」

と、電話の向こうの彼女は言った。

「どうせ壊れちゃったんだから、こじあけちゃえばいいじゃない」

「それもそうだな」

僕は受話器を持ったまま、マイナスドライバーを取ってきた。

ゆっくりと、ドライバーをテープ口に差し込んでみる。力を加える前に、「じゃあ、あけるよ」と彼女に伝える。

うん、と彼女は言った。

隙間に指を入れ、さらに力を込める。ぱきり、と樹脂部品が割れたような音が聞こえた。

中から出てきたのは金色ラベルのテープだった。マクセルのUDⅡ。

うわお、と声が出た。

見ただけで完全に思いだした。三年前だろうか、四年前だろうか。オカシンが部屋に遊びに来たとき、このテープを聴いたんだった。

「何だったの？」

「カムカムナウ on the road'86」

と、僕は答えた。だってラベルにそう書いてあるのだ。

◇

高校に入るとすぐ、なるおという男が近づいてきた。

「なあ、バンドやろうぜ」

なるおは僕以外の何人かにも、同じように声をかけているようだった。どういう基準でメンバーを選んでいるのかは全くわからなかったが、僕らはすぐに仲良くなった。仲良くなること以外に、特にすることがなかったのだ。

集まった僕らは、バンドの真似事を始めた。メンバーの出身中学が、東中、西中、南中、北中、と分かれていたので、バンド名は『東西南北』にした（当時、『The 東南西北（トンナンシャーペイ）』というバンドがあったことも関係あった）。バンドはサッカーよりも面白い気がした。モテるかもしれないという、安易な計算もあった。

とはいえ、何回かバンド練をした程度だったと思う。最初の春は、手探りのまま過ぎていった。一ヶ月につき、二㎝くらいだろうか。丸坊主だった僕らの髪も、少しずつ伸びていく。

やがて男子に『髪型』という概念が芽生え、ドライヤーが意味を成すようになった頃、なるおの興味が、突然、バンドから中型免許に移った。

「スタジオ代が出せないから辞める」

なるおはそんなことを言い、風のように去っていってしまった（バンドメンバーを集めるだけ集めて自分はどこかに行ってしまう、確かそんな小説があったと思うけど、なるおはまさにそれだった）。

そこでフェイドアウトするという道も、僕らにはあった。だけど何らかの気まぐれが作用し、残されたメンバーは結束した。プロになるんだ、と言うやつもいた。いいかもしれねえな、と気軽に言うやつもいた。

スタンダードなロックナンバーを選んで、僕らは練習を繰り返した。バンド名を、僕らを集めた男にちなんで「なるを」に変えた。高校の文化祭に、ヤングフェスティバルというもの凄い名前のイベントがあったので、それに出演することを当面の目標とした。

ヤングフェスティバルに出るには『課外活動許可書』なるものが必要らしかった。バンド練は課外活動にあたるらしい（男女交際許可書というものが存在するという噂もあった）。男女交際はいかがわしく、ギターを弾く者は不良になる。そういうことを信じたい人が、まだこの街には存在するらしい。

「何だよそれ」

と言いながら、僕らは用紙を取りにいった。

用紙には活動団体名を書く欄があったので、大きく『なるを』と書いた。他に書きようはなかった。その下にメンバー全員の名前とクラスを書くと、最後に顧問の教師を記入する欄が残った。

……顧問？

僕らはそこに「小橋（こばし）」と書いた。

物理の小橋は、いつも白衣を着たおとなしい感じの先生だった。『仕事量』の授業で「ソバ屋の出前は仕事をしていない」と、わかりにくい物理ジョークを言った。

誰も彼の物理ジョークに笑わなかったけれど、小橋は当時、トヨタのクレスタを買ったばかりで、機嫌が良さそうに見えた。

小橋ならわかってくれるよ、と、僕らは笑いながら用紙の記入を終えた。

夏が終わり秋が来た。

結局、僕らがヤングフェスティバルに出ることはなかった。

小橋はわかってくれなかったらしく、「なるを」には課外活動許可がおりなかったのだ。

僕らは失意のままにバンドを解散させた。初めての解散。

今にして思えば「なるを」は様々な可能性を秘めていた。あのまま続けていれば、プロにだってなれたかもしれない。つまらないギャグを言って自己満足にひたる小橋がそれを潰(つぶ)したのだ。何がソバ屋の出前だ。

僕らはクレスタに指で落書きをした。なるを参上、とか、ニュートンの運動方程式とか、そういうことを書いた記憶がある。

それから一週間後、僕らはまた新たなバンドを結成した。少しだけメンバーチェンジを行い、バンド名を「カムカムナウ」とした。

カムカムナウは当時流行(はや)っていたヘヴィメタルのコピーを始めた。全体として音量が大きくなり、歪(ひず)んだ音が良しとされた。フレーズが速く、細(こま)かくなった。

ギターの男はライトハンド奏法を得意げに披露(ひろう)し、必要のない箇所でもピッキング・ハーモニクスをかました。ベースの男はそれを羨(うらや)ましそうに眺めた。ドラムの男はお年玉でツインペダルを買った。ボーカルの男は貸しレコード店で、歌詞カードをコピーした。

カムカムナウは全体としてテクニックを向上させていった。音楽は楽しかった。ちょっと代わるモノがないくらい、音楽は楽しかった。

練習が終わると、ドラムの男の家に集まって、反省会をした。大体、音楽の話で始まって、女子の話で終わった。カワイさんがいい、と熱く主張する者がいて、キンバラさんがいい、と熱く主張する者がいた。どっちでもいい、と熱く主張する者もいた。

二度目の春が過ぎ、夏が来た。

昨年と同じ過ち(あやま)を繰り返すわけにはいかなかった。僕らは化学の北村(きたむら)のところにいって、顧問をやっていただけませんか、と丁寧に頼んだ。話をするのは僕らの中で一番成績の良いベースの男が担当した。他のメンバーは後ろで、お願いします、と声を揃(そろ)えた。

「わかりました」

と、生真面目(きまじめ)な北村は言った。

「今度、君たちの練習しているところを見学させてもらいます」

北村は小テストの採点に戻った。僕らはお礼を言って、廊下に出る。

「なあ、」

と、ギターの男が言った。

「見学って何だ?」

「大丈夫だよ。来るわけねえよ」

僕らは満足していた。

「やっぱりマグロに頼んで良かったたな」

と、ベースの男が言った。

「マグロって言っちゃダメだ！」

と、僕は怒鳴った。

「そうだ！」

ギターの男も言った。北村は後ろ姿がマグロに似ていたので、そのままマグロと呼ばれていたのだが、今日からカムカムナウの顧問だ。僕らはそれから、彼をプロデューサーと呼ぶことにした。

後日、プロデューサーは本当にバンド練を見学しにきた。

ロンドンではパンク・ムーブメントが終わり、ニューウェイブやワールド・ミュージックが台頭していた。日本では尾崎豊(おざきゆたか)が自由を叫び、ブルーハーツが終わらない歌を歌っている。ハードロックは様式美を完成させ、L.A.を中心に商業的な成功もおさめている。だけどここでロックをやるには、課外活動許可書が必要だった。バンドには顧問がいて、練習を見学しに来る。本当に見学しに来たのだ。

僕らは笑いをこらえながら、普段は演奏しないビートルズの『Get Back』を演奏した。音量は普段の半分くらいに絞(しぼ)った。とても下手くそだった。プロデューサーはにこにこ笑いながら、「頑張りなさいよ」と励ましてくれた。

「はい！」

ツインペダルのリンゴ・スターが元気良く言った。

「頑張ります」

超絶ライトハンドのジョン・レノンも言った。

北村はつまり、僕らの音楽を初めて認めてくれた大人だった。いつか武道館でコンサートを開くことになったら、最前列に招待しなければならない。

お礼に僕らは、北村のことをマグロと言うやつを注意するようになった。

「マグロって言うんじゃねえよ！」

北村のことをマグロと呼ぶ人間は、徐々に減っていった。彼のあだ名が「半魚人」に切り替わる頃、季節は秋になった。

文化祭のヤングフェスティバル、僕らは初めてのステージに立った。オープニング・ナンバーは『DJお願い』だった。

あの頃僕らは、チェリオよりもスポーツドリンクを愛飲するようになっていた。洋楽も聴くようになったし、時々、名古屋に行くこともあった。セーラーズのパーカーは人気があったし、ケンシロウとかアミバとかそういうものも相変わらず人気があった。

大垣発の夜行列車に乗って東京に行くこともあった。『大垣→東京』とプレートに書いてあるその列車は、とても特別な列車だった。青春18きっぷを使えば、二千円で東京まで行ける。それは有効期間一日の〝どこでもいける切符〟だ。

『DJお願い』。

僕らは毎日それなりに、愉快にやっていたんじゃないかと思う。

文化祭ではプロレス映画を創り、打ち上げで初めて酒を飲んだ。寺の息子の家で木魚を叩きながらア・カペラの練習をし、真夜中の学校のプールに裸で飛び込んだ。隣の席の女子を全力で笑わせ、クラス替えのとき、一度だけデートをした。

あの年、ハレー彗星が七十六年ぶりに地球に接近した年、僕らはオープニング・ナンバーを放った。

小学生のときとは違って、ただ待っているだけではなかった。自分はどこへでも行ける気がしたし、どこにも行けない気もした。ダイスを振れば目が出るのだけれど、ベットするチップを一枚も持っていない、そんな感じだった。

受験関係のことは、あまり考えたくないくらい上手くいっていなかったし、女子にもモテなかった。

毎日はそれなりには楽しかった。だけど家にいても、学校にいても、街にいても、何をしているという実感がなかった。もう新しいことは、この街ではできない気がしていた。

早くこの街を出たかった。げらげら笑っているときだけ、笑っていないときのことを忘れた。

だけど僕らは、オープニング・ナンバーだけは高らかに放ったんだと思う。

ケンシロウは、宿命に導かれる旅を続けていた。

彼が南斗聖拳の連中をあらかた倒し終わったころ、僕は高校を卒業し、その街を出た。

◇

「へえー」

彼女は興味あるのかないのかわからないトーンで言った。

『DJお願い』。

あのとき録音したテープを几帳面なオカシンは保存していた。何年か前、再会したとき、オカシンはそのテープを持ってきた。恥ずかしさにもだえながら、二人で酒を飲みながら聴いた。

「でも、デッキが壊れたんじゃ、もう聴けないね」

「そうだな」

僕らはしばらく黙った。

「ねえ。カムカムナウって何？」

「あー。何か英語の教科書に書いてあったんだよ」

カムカムナウ、と、彼女は言った。

「今から私んちに来ない？　うちにデッキあるから」

「行く行く」と、僕は言った。

「そのデッキ動くよね？」

「多分」

「行く行く」

僕はもう一度言った。三十分で行くよ。

その四、大編

上京して大学生になった。十八歳だった。

鍋（なべ）やヤカンを揃えるところから始めた大学生活だったが、いきなりいろいろなことに馴染（なじ）めなかった。

教室に行けば、仲の良いグループみたいなものがあって、ノートの貸し借りなんかをする。授業はちょっと難しいけど、それでも僕らは要領よく、ぽんぽんと単位を取る。アルバイトに行ったらまたそこに仲間ができて、世界が少し広がる。アパートに帰ればちゃんと自炊をして、昨日は驚くほど美味（うま）いカレーができてしまった。週末には彼女を部屋に呼ぼうかと考えたりする。

キャンパスライフというものはそういうものだろうと思っていたのだが、仲良しグループとか、美味（おい）しいカレーとか、彼女とか、そんなものはどこにもなかった。あたりまえだけど、そういうものは自動的に降ってくるものではないのだ。

最初はこんなもので、でもそのうち歯車がかみ合うように世界は回り始めるだろう、と思っていた。だけど何ヶ月経っても、僕は大学に馴染めなかった。何でこんなに馴染めないんだろう、というくらいに。

教室には友だちもいないし、部屋にはカーテンもなかった。窓の向こうにはすぐ隣の家のトタン壁があって、カーテンを吊す必要もなかった。

つまらない大学につまらない人間が集まっている、と思っていた。馴染むための努力ができないことを、お前らとは馴染みたくない、という顔でごまかしていた。つまらねえや、という顔をして歩くことで、自分のつまらなさを隠していた。

ただ、そのうち自分と同じようにはぐれた感じのする人物が、一人、二人と集まり、バンドをやるようになった。

無駄に大きな音を出している間は楽しかった。

だけど一人でいるとき、煙草の煙を吐くと、もうずっと前からため息をついているような気分になった。僕はそろそろ、自分の情熱なり、ガッツなりを、もっとちゃんと世界に向けて示さなければならないんじゃないのか。大まかにでも方向をつけて。少しずつでも外に。

サッカーをやっていたころには、燃えることも闘うことも簡単だった。江並中なんかは絶対にぶっ潰(つぶ)す、と心の底から思っていた。だけど今では吠(ほ)える場所も、握る内容も、発揮する才能も、蓄(たくわ)えた基礎体力もない。歌ごころも甲斐性(かいしょう)もないし、カーテンもビデオデッキもサッカーボールもなかった。こんなはずじゃなかったよな、というのは案外切実な焦(あせ)りとして、いつも自分の周囲にあった。

バンドはいろんな人と意気投合するたびに結成し、同じ回数だけ解散した。

様々な曲をコピーし、様々な曲を創り、様々な場所で演奏した。ローンを組んで楽器を買い、スタジオ代を割り勘し、中古のワゴンで楽器を運んだ。ドラムの男は何十本ものスティックを折り、ギターの男は何十セットもの弦を張り替えた。自分たちの曲を創り上げると、何かを成し遂げたような気分になった。

そして僕らは恐ろしいほどの数の煙草を吸った。ボーカルの男だけがライブの前に、少しだけ禁煙をする。

何が面白くて、何が面白くないのか。何がカッコ良くて、何がカッコ悪いのか。何を言いたくて、何を言いたくないのか。何が強くて、何がインチキで、何が優しくて、何が確かなのか。行きたいのは何処で、欲しいものは何なのか。そして自分は何を放てるのか。そういうことだけを、僕は考え続けた。

もちろん答はわからなかった。わかるはずがなかった。ただ、何かをつかんだと思える瞬間がたまにあって、そういうときは世界に向けて吠えたくなった。

陰気な大学はつまらなかったけど、それは全て自分のせいだった。そのことがわかっていたから、つまらないと思わないようになっていた。繰り返される日々は、あまり意味のない自由に溢れていた。

バンド仲間と部屋に集まれば、腹が捩れるほど可笑しい日々だ。

僕らは毎日、無自覚に集まった。ただ集まる、という行為を繰り返していた。根拠のない自信でモノを言い、天下国家や他人を見下し、酒を飲み、グチを言い、笑いあった。ときどき曲を創りあげたときだけ、何かを成し遂げた気になった。

彼女ができたこともあった。

その間、僕は浮かれて過ごした。別にバンドとかはどうでもいいじゃないか、と思えた。だけどすぐに彼女は去っていってしまった。

何なんだ！　と思った。僕は未熟だったし、彼女との関係を修正することもできなかった。別に彼女とかはどうでもいいじゃないか、と無理矢理思った。

夏、ショッキングなニュースを知った。

それはカリブの島、プエルトリコから伝わったニュースだった。あの『超獣』ブルーザー・ブロディが、スタジアムの控え室でレスラー仲間に刺され、死んでしまった。

東京スポーツがトップニュースでそれを伝え、それ以外のメディアはとても小さく伝えた。僕らを鎖で追いまわした『超獣』は、その夏、ナイフで刺されて死んでしまった。

——こんなことをしていてはダメだ。

何かを感じたときに思うのは、いつもそれだった。ブルーザー・ブロディは死んだ。俺はこんなことをしていてはダメだ。

ドラゴンクエストで巨大化したデスピサロを倒したとき、俺はやり遂げたと思った。もちろん何もやり遂げてはいなかった。麻雀をして緑一色(リューイーソー)でアガったときは、自分は相当グレートだと思った。だけどそんなわけはなかった。

孤独な時期を終え、腹が捩れるほどの愉快で雑多な日々は過ぎ、僕らはどこへでも行けるようになった。だけど一人の部屋で思うのはいつも同じだった。こんなことじゃダメだ。僕はこのままじゃダメだ。

ある人の愛読書を読むという行為は、その人のことを読むという行為に近い。

気まぐれに立ち寄った書店で、僕はその本を手に取った。

それは奇妙な本で、青と白のカバーには変な落書きが描いてあった。裏には、カバーデッサン＝パブロ・ピカソ、と書いてある。

『ライ麦畑でつかまえて』。

それは中学という箱から浮いた彼女や、二人の銃撃犯の愛読書だった。あの彼女とは中学を卒業して以来、一度も会っていなかった。

一人暮らしの部屋に戻り、僕はその本を読んだ。もしかしたらそれは、彼女の班ノートの続きだったのかもしれない。ときどき煙草を吸いながら、僕はゆっくりとページをめくる。

想像していた爽やかなものとは、随分違った物語だった。そこではホールデン・コールフィールドという少年が、聞き慣れない言葉で毒づきながら、無駄金を遣いまくっていた。彼は傷つきながら吠え、泣きわめき、絶望し、彷徨い、歩き、眠り、回想し、多くのものを否定し、ほんの少しのものを強く肯定していた。

フィービーがぐるぐる回りつづけてるのを見ながら、突然、とても幸福な気持ちになったんだ。本当を言うと、大声で叫びたいくらいだったな。それほど幸福な気持だったんだ。

なぜだか、それはわかんない。ただ、フィービーが、ブルーのオーバーやなんかを着て、ぐるぐる、ぐるぐる、回りつづけている姿が、無性にきれいに見えただけだ。全く、あれは君にも見せたかったよ。

クレイジーで病的なホールデン君と、僕は友だちになれないだろう。ホールデン君も、僕には電話をかけてこない。僕はホールデン君に軽蔑(けいべつ)される側の人間なのかもしれない。だけどあの頃、ガンキャノンとかアシュラマンとか言っていた僕らも、本当は、ホールデン君と同じだった。すねあてに「必勝」と書いたり、ブルーザー・ブロディに追いかけられても、やっぱりホールデン君と同じだ。何故ならどっちにしても、僕もホールデン君もどこにも行けなかったのだから。

僕は彼女の愛読書を閉じる。

ケンシロウはもう世界中の悪党をあらかた倒し終わって、次の世代の伝承者を育てるというフェーズに入っていた。

それも終えてまた新たな旅に出たところで、その救世主伝説は幕を閉じた。

その五、浪編

大学を出て、レンズを作る会社で働いた。

レンズの設計というものは、極めて難しい作業だ。光を操り、理想の像を得ようとすれば、必ず収差というものが生まれる。球面収差、コマ収差、非点収差、像面湾曲、ディストーション。これをザイデル五収差と呼び、加えて二つの色収差がある。

これらの収差は、光の屈折法則そのものに起因して生まれるから、完全になくすことはできない。あちらの収差を抑えれば、こちらの収差が膨らむ。つまり完璧なレンズを設計することはできないから、複数のレンズを組み合わせ、お互いの欠点を補う。そうして欲しい結果を得ようとする。

設計したレンズを製造すること、これも極めて難しい作業だ。

まずはガラスを荒摺りし、研磨し、芯取りをする。次に外形や中心厚を測定し、ニュートン板で面精度を測り、干渉計で面形状を測る。

最終的には、職人が勘と経験で、レンズを磨き上げる。トライ&エラーを繰り返すことにより、欲しい結果を得る。人工衛星で使うような大きなレンズになると、数ヶ月かけてそれを磨き、仕上げる。ああすればこうなる、といった明確な方法はないのに、職人は最終的に、正しいレンズを作りあげる。

僕はその会社でエンジニアとして、光学機器の生産立ち上げをやっていた。

まじめにやろう、と思っていた。自分の思いを、この仕事に傾ける情熱にアジャストしようとすると、三つくらい大きな収差が生まれてしまう。何をどう思いこんでも、労働の本質と外れるなら、せめてまじめにやろう。誰よりもまじめにやろう。職人が磨き上げたこの素晴らしいレンズが世界を見つめる、助けになろう。

平日は仕事をし、休日になると曲を創った。ときどき仲間と集まってバンド練をした。

十年もバンドをやっていると、だんだんアマチュアであることのプロフェッショナルみたいになっていた。自分も仲間も、創作の厳しさみたいなものを、知った顔をして語った。

そういうことを論じている間は、頭の芯が痺れるようにいい気分だった。だけどどこかで、馬鹿じゃねえの、とも思っていた。そんなことを自分たちが語っても、何の意味もない。レンズを作ることのほうが、何十倍も凄いことに思えた。

気付けば働き始めて六年経っていた。

あれからいろんなメンバーと出会い、いろんな曲を創った。ただその過程は、自分の音楽を、ゆっくり諦めていく過程だった。だから最後のバンドの解散が決まったとき、頃合いかもしれないな、と思った。

ちょうどこれで一周したのだ。一周したのは青春かもしれないし、モラトリアムかもしれない。気分としての旅だったのかもしれない。ただ実感として、一周したと思った。

その後、小説を書こうと思ったのは、案外自然なことだった。会社を辞めようと思ったのも、自然なことだった。結構な額の貯金もしてあったし、六十七万円の退職金も貰った。退職金には税金がかからないらしい。

お別れ会では、「サヨナラだけが人生だ」と発言した。製造現場のリーダーの大野さんだけが奢ってくれた。大野さんは昔、CB400を乗り回していた（昔ワルかった人だけが、去っていく後輩にも優しい）。

それから半年間、部屋に籠もって本を読んだ。世界にはとてつもない量の書物があった。月に一度、ハローワークに行って、失業保険の手続きをした。

半年が経つと、ゆっくり小説を書き始めた。「大切なのは意志と勇気」そんな言葉で始まる小説を書こうと思っていた。同時に求人情報誌も買った。

求人誌にはとても多くの仕事が載っていたけど、はぐれエンジニアにやれそうなことは少なかった。本当に少なかった。

塾の非常勤講師というのが目に留まり、面接を受けることにした。小説の主人公のようにリレキショを書き、電車に乗って面接会場に行く。

会場には五十人くらいが集まっていた。リクルートスーツからスキンヘッドまで、容貌は様々だった。それぞれにいろんな理由があるんだろうな、と思う。

簡単な説明を受けたあと、ペーパーテストの用紙が配られた（高校入試をアレンジした問題だった）。二科目を選択して、それを解く。何年かぶりに因数分解をして、何年かぶりに墾田永年私財法という単語を思いだす。

テストを終えると、一人ずつ別室に呼ばれた。白衣の男と事務員風のスーツが、まずはテストの結果を教えてくれた。数学は良かったけど、社会は悪かった。卑弥呼という漢字が書けなくて、「ひみこ」と平仮名で書いた答案は、もの凄く頭の悪い感じだった。

面接では、それまで勤めていた会社のことを訊かれた。エンジニアをしていたんです、と言うと、白衣の男は「そうですか」と深く頷いた。目の奥に（察します）という文字が浮かんでいた。そんなんじゃないんだ、と言いたかった。

白衣の男から、『分速８００ｍで鉄橋を渡る電車』の問題を渡された。簡単に模擬授業をしてみて下さい、ということだった。

上着を脱ぎ、教壇に立った。ホワイトボードに鉄橋と電車の絵を描く。

「いいか」

ナメられないように、僕は大声を出した。

「自分の知りたいものをXとおく。そこからだぞ」

ほう、という感じに白衣の男が顎を上げる。

結果は後日郵送で、と告げられ、僕は会場を出た。去り際にスキンヘッドが下を向いて、ぶつぶつ言っているのが目に入った。気付けば自分も、うっすら汗をかいている。緊張していたんだな、と、そのとき初めてわかった。緊張するなんて、本当に久しぶりのことだった。

外に出ると、ぬるい風が吹いていた。ちょうど暑さのピークを超えた時間帯だった。ガードレールの前で足を止め、僕は煙草を吸った。煙草はそろそろやめなきゃな、そう思いながら煙を吐く。

風は強く、汗はすぐに乾いていった。雑多な景色が、何事もなかったかのように目の前にある。世界は自分と何の関係もなく動いている。

何だかとんでもないところまで来てしまった気がした。

もう僕の前方にエンジニアリングはないし、音楽もサッカーもない。小説を書こうと決めて会社を辞めたことは、一見筋が通っているようにもみえる。けれどもそれは、受験に専念したいから部活を辞めることと比べて、およそ八万倍くらい脈絡がない。

二十九歳だった。まだ、をつけるか、もう、をつけるか。どっちにしても今の僕は、ちょうどぴったり面談結果の葉書を待つ男だ。結果は白衣の男のさじ加減ひとつだ。

僕は煙草の火を消し、これを最後の一本にしようと決めた。それができないようなら、僕の未来なんかはたかが知れている。配送のトラックは音をたてて過ぎていき、僕は煙草の箱を握りつぶす。

一周してなお、ぶすぶすと燃える核のようなものは、あるのだろうか。あると信じるものを見つめて、僕はやっていくことができるだろうか。拾い集めた光を一点に集めて、正しい像を結ぶことができるのだろうか——。

なるおは県庁に就職し、ウチノはシステムエンジニアになった。マッキーは県警で刑事になり、オカシンはゼネコンで巨大ダムの設計をしているらしい。川田君は失業中で、高校のときデートした女の子はアメリカに行った。

トーガやフランケンは、今、何をしているのだろう。ライ麦畑の彼女は、どうしているのだろう。小橋は今でもくだらない物理ジョークを飛ばしているのだろうか。ケンシロウは今でも宿命の旅を続けているのだろうか——。

一九九九年だった。僕は二十九歳で、世間にはその年、本当に世界が終わってしまうと信じている人がいた。

僕らはもう、待っているだけではなかった。金魚だってうまく飼えるし、好きな女の子に優しくすることだってできる。待っているだけでは何も起こらないことも知っているし、一番簡単なことが、実は一番難しいということも知っている。

僕はポケットのチップを握りしめる。一周して得たはずの、ベットするためのチップは、何枚あるのかわからない。だけどいつだって握りしめている。あのとき放ったオープニング・ナンバーは、今でも僕の中でこだましている。

だけど結局、その塾の面接は落ちてしまった。

届いた葉書には、『今後益々（ますます）のご健勝をお祈り申し上げます』と書いてあった。

今編（one extra episode）

世界には大きく三つの美徳があって、それを世界三大美徳というらしい。その三大美徳について、男は考えていた。

三大美徳の一つ目は『礼儀』で、何でもこれは昔からそういうことに決まっていたらしい。先輩から後輩へ受け継がれてきたその美徳は、確かに何だか、がっちり強固なものに感じられる。受け入れろ、と歴史から言われた気がして、男はそれを受け入れた。

二つ目の『仲良し』に気付いたのはここでのことだった。この場所で彼女と花火を見ているときに、思いだすように、けれども確信めいて気付くことができた。

隅田川（すみだがわ）には何本もの橋が架（か）かっているが、勝どき橋より下流に橋はない。

このあたりから見える隅田川の花火は、両掌（てのひら）で包めるくらいの大きさで、ぽうっ、と浮かぶように煙火を広げ、そのあと少し尾を引くように静かに消える。隣には彼女がいて、川辺には追いかけっこをする小さな姉妹がいる。

——仲良し。

儚げな花火と一緒に立ち上がった『仲良し』という概念に、男は深く納得していた。世界三大美徳の一つ、『仲良し』。そんなことはずっと前から、知っていたように思えた。

それ以来、男は三大美徳の最後の一つについて考え続けている。だが、結論は出ていない。

普通に考えると『親切』や『努力』が候補に挙がるのだろう。だが報われるようなものは違う気がする。ならば『謙虚』はどうか、と思ったが、もう少し華があるほうがよかった。

川を見つめながら、男は考え続ける。『誠実』や『一生懸命』や『孝行』や『勤勉』や『皆勤』を思いついたが、全て却下だ。それらはそれぞれとても大切なことだが、もっとポップなものがよかった。

小型船が水しぶきを上げて、川を遡上していく。船尾に目をやりながら、男は川辺に腰を降ろす。ここで風に吹かれていると、いろんなことが好転する気がして、男はよくここで時間を過ごす。やはり川はいい、といつも思う。

あるときここで、大きなビニール袋とトングを持って散歩をしている女性を見かけた。女性は散歩をするのと同時に、空き缶などのゴミを拾っていた。

──自主的に空き缶を拾う。

素晴らしい、と思った。それは世界三大美徳に数えてもよかった。『礼儀』、『仲良し』、『空き缶を拾う』、と、三つ並べればカラフルでポップだ。いや、それは案外ロックなのかもしれない。

そのときは最有力候補だと思ったが、やはり少し気がひけるのだった。三つ並べて聞いた人は納得してくれるのかもしれない。だけどどうしても、意外性に逃げた感じが否めない。三大と謳うには汎用性に欠ける。

勝どき橋のたもとには築地市場があり、トラックが連続して出入りしていた。隣の汐留には高層ビルが林立し、晴海側はマンションを中心とした再開発ラッシュの只中だ。そんな陸の風景とは全然関係なく、川面に目をやるといろんな生物がいる。

まずはボラの群れが目につく。ボラは満月になると、川面を跳ねまくる。ニュージーランドは人口より羊の数のほうが多いと言うが、案外、東京都も人口よりボラの数のほうが多いんじゃないかと思う。

それからエイが泳いでいるのも見たことがある。男は海から離れたところで育ったので、エイなんてものは想像上の生き物に近かった。そんなものが隊列を組んで、ひらひらと川を遡上している。橋の上の釣り人に訊けば、スズキが釣れることもあるという。

それから川べりを走る茶色い生き物を見たこともあった。ずどどどど、と走り去るそれは、ちょっとした猫くらいの大きさがあるネズミだった。

ネズミか、と男は思った。

——送りバント。

男は突然その単語を思いついた。世界三大美徳の一つ、『送りバント』。何でそんなことを唐突に思いついたかはわからない。だけどどっちにしてもそれは、美徳じゃなくて単なる打法の一つだった。あるいは合理性の追求か、作戦の遂行だった。

目の前の水面にはカワウ（ウミウかもしれない）が浮いていて、ときどき水中に顔を突っ込む。空にはカモメも多い。近くで見るカモメは目つきが凶悪で、ケンカを売っているようにも見える。非常に感じが悪い。

都会のカラスを山賊のようなものと考えると、カモメは海賊のようなもので、このあたりはまだ海賊の勢力圏にあたる。

——感じよく振る舞う。

正直に言うと、これはとてもいいと思ったのだった。世界三大美徳のひとつ、『感じよく振る舞う』。三大美徳として、申し分なかった。

だが吉田くんが考えたようなものは採用したくなかった。だから補欠にする。

夜になると、川は闇雲にロマンチックになった。ライトアップされた東京タワーや、汽笛を鳴らすカメリア丸の遠景は、アコースティックギターでメジャーセブンスコードを掻き鳴らしたときのように切ない。どこから湧いてでてくるのか知らないが、川縁では夜の東京ラバーズが、愛を語らい始める。

「ねえ、ほら、カワウだよ」

「ふふふふ、ウミウかも」

などと語らっているのかもしれない。二人の周りを、ずどどど、とネズミが走りまわる光景を、今夜の満月が見守っている。

昔、心がすさんでいたころなら、そんなカップルなんかには、後ろから石を投げつけたかもしれない。だが今はもちろんそんなことはしない。

――カップルに石を投げない。

それは三大美徳に入るだろうか？　いや、それは三大常識のほうに近い。

探し続ければ、美徳などいくつでも見つかる。ならば、と男は考える。いや、違う。考えるんじゃない、感じるんだ！『礼儀』『仲良し』に続くもの、それは……。

――もうひとつを探し続けること。

そんな世界三大美徳の最後の一つに気付けたのは、もしかしたら満月のおかげかもしれないし、カワウのおかげかもしれなかった。

引用文献　『ライ麦畑でつかまえて』Ｊ・Ｄ・サリンジャー　野崎　孝＝訳
（白水Ｕブックス一九八四年）

ハミングライフ

街にはさまざまな営みがあって、誰もいなくなるとその跡だけが残る。

巨大な都市の無数にあるビルや商店や道路では、想像もできないくらい多くの人のいろんな営みがあって、きっとそれぞれに意味や意義があるんだろうけど、そのうち私が捉えることができるのはどれくらいのものかと考えて、南無ー、となった。

誰かの営みの跡を見つけると、少しだけ嬉しい気分になる。

たとえば石ならべで遊んだ跡を路地のすみに発見したり、ビルの屋上に灰皿が置いてあるのを見つけたり、小さな川に一枚板が渡してあって、それがある人専用の橋なんだと気付いたり、どこかの家の玄関脇に小さく塩が盛ってあるのを発見したり。

自分だけが気付く、小さな小さな誰かの営み――。

でもそういうのを見つけたのも、ずいぶん久しぶりのことだと思った。

十四時くらいになると、三十分の昼休みをとってお店を出る。天気が良い日は、近くの売店で牛乳とサンドイッチを買い、公園に行く。

テニスコートが二面取れるくらいのその公園には、すべり台と、土を盛ったトンネルと、ほかにも小さな遊具がいくつかあった。この時間には人がいないことも多い。

ベンチに座り、私は牛乳パックにストローを差す。

誰かが吹いているのか、どこか遠くからトランペットの音色が聞こえてきた。その旋律をハミングでなぞり、私は牛乳を飲む。

公園の左すみには、一段高い区画があった。そこには腰丈くらいの木が密に植わってあって、ところどころ高い木もある。茂みの下のほうに、何か黄色いものが見える。

その黄色いものを眺めながら、サンドイッチを食べた。それは昨日までもあったような気もするし、なかったような気もする。トランペットの音は、いつの間にか止んでいる。

サンドイッチを半分食べたところで、茂みに近付いてみた。枝葉の向こうをのぞき込むと、それがプラスチック製の皿だということがわかった。黄色い皿。新しい感じではないけど、古い感じでもない。直径は十センチくらいで、へりの部分に〝gathering〟とプリントされている。

置く、というのとも、隠す、というのとも違って、それでも人為的な感じにそれはあった。皿、と思ってまたサンドイッチをぱくついていると、奥のほうで何か気配の移動があった。

茂みの向こうに目をやると、今度は猫だった。私と目が合った猫は、ゆっくりと動きを止める。

猫……と、皿……。

私はその結びつきにゆっくりと気付いていった。

きっとその黄色い皿は、誰かが猫に餌（えさ）を与えるために使っているのだ。私はストローで牛乳を吸うように理解していった。その、小さな小さな、誰かの営みを。

動きを止めた猫は、一応、という感じに私を見ていた。警戒はしていないようだった。かまってくれてもくれなくてもどっちでもいいんだぜ、という感じ。

私は猫の立場に立って、猫的な思考をめぐらしてみた。

多分この猫は、皿を眺めている私を見つけて、わざと自分の姿を現したのだ。オレ様はここにいるぜ、と。そこに皿があるだろ？　と。何だったらオレ様の血肉になるようなものを、そこに入れてもいいんだぜ、と、多分そんな許可を与えるつもりで、猫は自慢の毛並みを見せに来たのだ。

と、私は口笛を吹いた。

それはさっきのトランペットのフレーズかもしれないし、ちょっと違うかもしれない。適当なメロディーが、適度な幸福感を含んで、春の公園の空気に溶けていく。

この旋律を覚えておこう、と、私は思った。旋律の名は、『イトナミのテーマ』だ。

猫にあげる餌なんて持ってなかったけど、少し迷って牛乳をあげてみることにした。パックからストローを抜き、ちゅう、と皿に絞る。

「少しですけど」

猫に向かって黄色い皿を差しだすと、彼（あるいは彼女？）は音をたてずに近付いてきた。そのままかがみ込むように牛乳を舐め始める。

猫は茶色のトラ毛だった。野性を感じさせるしなやかなフォルムを、美しい毛並みが覆っている。私は感心しながらそれを眺めた。あったかそうな耳に、ぴん、と立った精緻なヒゲ。こんなところを動きまわっているくせに、白くてきれいな脚をしている。

牛乳を飲み終わった猫は、一度だけ私の顔を見た。名残り惜しいという感じでは全然なかった。じゃあまたな、という感じに体をひるがえし茂みの奥へと消えていく。Wild heart.

黄色い皿を元に戻し、私は立ち上がった。猫はもう、どこにいるのかもわからない。

猫の去っていった茂みの先には、大きな木があった。私は吸い込まれるように、幹の中央の一点を見つめた。そして思った。

どうして今まで気付かなかったんだろう――。

その木には、ぽっかり空いた洞(うろ)があった。下から一メートルくらいのところに、黒く、深く、それはある。入り口は握りめしが楽に入るくらいの大きさだ。

ちょうどいい、という言葉が何故だか浮かんだ。ちょうどいい高さに、ちょうどいい大きさのウロがある。

猫が、ひょい、と木に飛び昇って、ウロの中へと消える姿を、私は想像してみた。だけどそんなわけはなかった。

口笛を吹いてみたけど、もちろんウロからは何も出てこなかった。

耳を澄(す)ましてみたけど、もちろんこだまは返ってこなかった。

◇

こうして毎日の習慣がひとつ増えた。

私は昼休みになると公園に行き、猫に牛乳をやる。

牛乳は大きめパックを買うことにして、それからカツブシのパックも持っていくようにした。牛乳にカツブシをまぶすと猫の喰いつきが違う。

猫の頭をつんつんと突きながら、営みの時間差について思いをはせた。

朝なのか夕方なのかはわからない。私がこの猫に牛乳をやるのと同じように、多分どこかの誰かも、この黄色い皿を使って猫に餌を与えている。

この皿を介して、私と誰かは確かに繋がっているように思えた。だけどその誰かと私は、近いのだろうか。それとも遠いのだろうか？

猫が去ると、私はウロを眺める。ウロはいつも、深く、黒く、そこにあった。実際にはサンドイッチがひとつ入るくらいの深さかもしれない。でももしかしたらそれは、無限に深い穴かもしれない。

〝gathering〟とプリントされた皿を茂みに隠し、よいしょ、と立ち上がる。

私は誰かが猫に餌をやるところを想像してみた。その誰かは、普通に考えると近所のおばさんとかだろうけど、なんだかんだ言っても夢見がちな私は、やはり若いお兄さんを想像してしまうのだった。

猫好きだけど猫と馴れ合わない感じで、細身で、格好良くて、脂ぎってない人。マッチョではなくヤンキーでもなくて、自分のことをオイラと呼ばない人。世界中のノラたちがどうか飢えや寒さを凌げますように、と願ってしまう人。

そんな優しげな文科系硬派を思い浮かべようとして、いかんいかんいかん、と私は首を振った。私はリアルを生きる女なのだから、いつまでも妄想を走らせている場合ではない。もうすぐ十代を卒業するのだから、そういうのも卒業しなくてはならない。

私はリアルを生きる女、と、もういっぺん唱えてみた。しかしその言葉には、あまりリアリティがなかった。

◇

ある晴れた日、猫が姿を見せないことがあった。

しばらく待っても、声を出して呼んでみても、猫は現れない。私はそれでも皿を取りだし、牛乳を注いだ。カツブシもまぶしてみる。

五月の午後だった。ベンチでサンドイッチを食べながら、私は猫を待った。

風はゆるく、日差しは穏やかで、公園には誰もいなかった。サンドイッチを食べ終わっても、猫は姿を見せない。

停止した時間のなかで、私は公園の遊具を眺める。

もしかして、と思った。これでお別れなんだろうか……。人とノラはこんなふうに、あっけなく別れるのだろうか……。

立ち上がって茂みに向かった。口笛を吹いたり、周りを探してみたけど、猫はやっぱりどこにもいない。

私は木のウロを見つめた。黒く深いそのウロから、猫がのっそり顔を出すところを想像したけど、そんなことが起こるわけはなかった。

やがて吸い込まれるように、私はウロに歩み寄っていた。ゆっくりと、なめらかに――。ウサギ穴に誘われたアリスのように、夢寐的に――。

穴をのぞき込みながら、どうして今までここをのぞかなかったのだろう、と考えていた。初めて目にしたときにのぞいたとしても、不思議じゃなかったのだ。

のぞき込むことによって顕在した木のウロは、もちろん無限に深いなんてことはなかった。それは木の太さからいって、しかるべき深さにあった。フクロウが住むには狭すぎるけど、スズメが住むには広すぎる。リスのカップルになら自信をもってお勧めできる。

そしてウロの奥には、何か白いものがあった。それは紙のようなものだった。

手を伸ばし、ひょい、とつまみ上げてみた。それは折りたたまれた紙だった。その折りたたまれ方は、私に愉快な予感をさせるに十分なほど、人為的だった。

……何だ？　何だこれは？　誰かが隠した秘密の地図なのか？

私はゆっくりと紙を開いた。中身を見る前から、半笑いになっていた。

素晴らしい！　何て素晴らしいものを見つけてしまったんだろう。素晴らしすぎる。描

いた人も素晴らしいが、見つけた私のことも褒めてやりたい。

どこの誰かは知らないけれど、こんなことをする人がいるなんて驚きだった。誰かの営みが、全然関係ない誰かをハッピーにする。それはとても素敵なことに思える。

私は紙を元通りに折りたたみ、いつもの口笛を吹いた。イトナミのテーマは今、私を含んだ空間にきれいに馴染んで、消えていく。旋律は幸福感のその先に、世界への期待みたいなものをうまく表現してくれていた。

振り返ったときに、もうひとつ驚いたことが起こった。

足下にはいつの間にか猫がいて、あたりまえのように牛乳を飲んでいたのだ。

◇

次の日から、私の午後にまた新しい習慣が加わった。

それによって私の生活は、新しい色を帯びたように思う。人物とすべり台と太陽だけの絵に、背景の空をぬり終えた感じ。空の色は突き抜けた青かもしれないし、淡い黄色かもしれない。あるいは薄いピンクのような色かもしれない。

朝、私は電車に乗ってお店に向かった。駅から少し歩いて、小さな路地に入り、お店の鍵(かぎ)を開けて、簡単な掃除をし、OPENの札を玄関にかける。

民家の一階を改築して作ったその店の名を『テラ・アマタ』といった。輸入雑貨を扱う小さなお店。二階には大家さんが住んでいるけど、顔をあわすことはほとんどない。

お客さんが来ると簡単に接客をして、それ以外の時間は品出しをしたり、簡単な帳簿をつけたりする。ゴム印を使って、値札を作ったりもする。路地の先に専門学校や美術館があるので、案外途切れることなく、お客さんはやって来る。

十四時前になると店長がやって来て、現金や帳簿や仕入れ品のチェックをした。私はいくつかの報告をし、またいくつかの指示を受ける。店長は他にも同じような店を三軒持っていて、そこを順にまわっている。

忙しい日でなければ、ここで店長と店番を交代して休憩をとった。

売店でサンドイッチと牛乳を買って、公園のいつものベンチに座る。ポケットには、メモ帳と鉛筆と、カツブシのパック。サンドイッチを食べ終えると、私は茂みへ近付く。黄色い皿に牛乳を注げば、計ったかのように猫が姿を見せる。牛乳を飲む猫をしばらく眺めたあと、私は木のウロをのぞく。

あの日、〝Hello!〟と書かれた紙を見つけたウロには、次の日、〝Where?〟と書かれた紙が入っていた。文字の下には、何かを探す猫の絵があった。猫は昨日まで隠しておいたはずの紙を必死で探しているようだ。

あんまり可笑しくて、私は声を出して笑ってしまった。それでベンチに座って返事を書いたのだった。

――ごめんなさい。Hello! の絵があんまり可愛かったので、家に持って帰っちゃいました。でもちゃんと机の上に飾ってあります。戻したほうがいいですか？

次の日、ウロには再び手紙が入っていた。

――戻さなくていいです。あなたは誰ですか？　木の精かなんかですか？

半笑いの私は、また返事を書いた。

――私は猫に牛乳を与える名もなき者です。妖精とかそういうものとは全然違います。あなたは誰ですか？　猫じゃないですよね？

次の日、ウロにはやっぱりちゃんと返事が入っていた。

——猫じゃないです。僕は猫に餌をやる名もなき者です。どちらかと言えば犬に近いと思います。髪は天然パーマです。

ほほう、と私は思った。髪は天然パーマです、という一節がいかすじゃないか。

——そうですか。私はてっきり、猫が夜中に手紙を書いて、投函(とうかん)しているのかと思ってました。

——猫じゃなくてすいません。最近あの猫、何だか毛づやが良くなってきたな、と思っていたのですが、牛乳を飲ませている人がいたのですね。

——牛乳にカツブシをまぶしてます。牛乳も好きみたいだけど、カツブシも好きみたいですよ。

――そうですか。僕の経験から言うと、彼はアンコを愛しているようです。あんまりアンコを与えるのは良くないと思いますが。

それで私は次の日のお昼に、あんパンを買ってみた。少しだけ牛乳に添えると、猫は私の手をぐいっと押しのけるようにして食べ始めた。本当だ、と私は笑ってしまった。これは相当に好きらしい。

――アンコ凄(すご)いです。でもあげるのは月に一回くらいにしときます。ところでこの猫、名前はなんていうんですか？

――名前は知りません。つけちゃいましょうか？　僕はハルンボがいいと思います。

――そんなのはイヤです。私はチャゲがいいです。

それから一週間くらい、ああでもない、こうでもない、とやりとりが続いた。

ボロンゴがいい（と彼）。↓コーラがいい（と私）。↓ドミンゴがいい。↓トニーがいい。
↓スタンプもいい。↓ウロがいい。↓ドロンパでいい。↓トラがいい。↓ドロンボもいい。
↓それはイヤだ。↓じゃあモモンガで。↓もう何でもいい気がします。

――わかりました。じゃあドドンパってのはどうですか？

――うん。いいかもしれないですね。

結局、アンコ好きのこの猫の名はドドンパと決まった。ドドンパにするくらいだったらハルンボで良かったような気もするけど、本当はドロンパでもドミンゴでもなんでも良かった。

それからしばらく、猫の縄張りや年齢、性別についての情報を交換した。猫の話題が尽きると、その年、春から快進撃を続けていたヤクルトスワローズの話をした。スワローズに飽(あ)きると、モンゴル出身の力士の話にもなった。ここまでで一ヶ月以上が過ぎていた。

〝gathering〟とはどんな意味か？　と問うと、『集まり』とか『集会』だと返ってきた。

——今日はいい天気ですね。

——そうですね。

前日の雨から一転して、とっても天気の良い日に、そんなやりとりがあった。だからつまり彼は、朝、ドドンパに餌をやっているらしい。

私は木のウロをウロポストと名付けていた。ウロポストにはだいたい毎日、小さなウロレターが届く。新しいウロレターを手にすると、私はいつも口笛を吹いた。イトナミのテーマが、最も相応しい『吹かれる場』を得たと思った。

季節は春から夏へ、少しずつ空気の濃度を増していく。私は毎日の習慣として、ウロレターを書いたり受け取ったりした。

——僕はだいたいベンチに座って書いてますよ。

そんなことが書かれたウロレターを手に、私は自分の座っているベンチの左端を見つめていた。そこにはもちろん何の残像もなかったけど、今日の朝、つまり何時間か前、この人はここで手紙を書いたのだ。

私は相手のことについて考えてみた。私は半分くらい彼にホレていたのかもしれないけど、いかんいかん、とも思っていた。私はリアルを生きる女なのだから、ウロレターなんかで見知らぬ天然パーマにホレている場合ではなかった。

でも無理かも、とも思っていた。

私たちは、どこに住んでいるのか、とか、どんな仕事をしているのか、とかそういう話はほとんどしなかった。相手はだいたいこんな感じの男子、と勝手にイメージしてしまっていたけど、そんなものがリアルであるわけがなかった。極端な話、相手は女の子なのかもしれないし、天然パーマのおじいさんかもしれないし、ませた小学生かもしれない。もしかしたら本当に猫が書いているかもしれないのだ。

現実に結びつくような話題も少しはあった。

まずはお互いの名を名乗りあったこと。彼の名は小川智宏(おがわともひろ)というらしかった。普通とかいいようのない名前の持ち主は、ハルンボとかそういう奇抜な名前が好きらしかった。

——藍(あい)さんに彼氏はいるんですか？

いきなりそんなことを訊かれたことがあった。

私は口笛を吹くのも忘れて、ベンチに座っていた。ウロレターを手に、五分くらい止まっていただろうか。気付いたときにはドドンパもいなくて、公園に私は一人だった。それからまた五分くらい考えて（でも多分それは考えていたとかそういうことじゃなくて、やっぱり止まっていただけだと思う）、鉛筆を握った。

それからほとんど自動的に、その文章を書いた。


――彼とは一年前に別れました。とても不本意でした。


その文章は正確に、私の位置を表していた。

一年前、終わりにしよう、と言われて私たちの恋は終わった。突然だった。私にはそれを受け入れるための、知恵も準備もなかった。

だから最初は混乱しただけだった。しばらくして悲しいな、と思ったり、寂しいな、と思ったりしたけど、案外そういうのはすぐ薄れていった。ただ気持ちのすみにできたシミのようなものは、いつまでも消えてくれなかった。

私たちには、わかり合えたこともあるし、わかり合えなかったこともある。それはそうだと信じているし、間違いないと思う。だけど、どうしても消えてくれない、猜疑のようなものがあった。

本当はわかり合えたことなんてひとつもなかったんじゃないだろうか……。

そう思うのはとても怖いことだった。それは小さなシミだったとしても、もしかしたら、私の全てに通じてしまうかもしれない怖れだった。

――彼とは一年前に別れました。とても不本意でした。

だけど今、その文章は私の手の中にあった。それはなんだか寂しくもあるが、ちょっと力強い文章だった。小さなシミを洗い流すような、スマッシュで聡明なセンテンスだと思った。

半年前、私にこの文章が書けただろうか――。一ヶ月前だったらどうだろうか――。

私は紙を折りたたみ、深くて黒いウロポストの向こう側を眺めた。そして一年という年月の長さを実感していた。

不本意でした、と書いたウロレターを投函しながら、そうだった、と思いだすように思った。この投函をもって、総括としてもよかった。そうだ、と私は思う。

終わりにしよう、と言って終われるようなことは、実は始まってもいない。
きっと始まってもいなかったのだ。

で、その返事としてウロから受け取ったのは、こんな絵だった。
それだけでホレてもいいくらいに、可愛らしい絵だと思った。

◇

季節はもう夏だった。公園内の緑化された小さな区画では、セミがタフな鳴き声をあげている。

木のウロに手紙を放り込むと、ちゃんと返事が返ってくる。そんなやりとりには、〝文通〟とか〝交換日記〟とかより、〝交信〟という言葉が似合った。私たちは日々、交信を続けている。

交信はラジオの電波のように、いつも優しくそこにあった。内容は日常雑記のフェーズを過ぎ、雑学の披露（ひろう）や、アメリカンジョークや、ホラ話など、多岐（たき）にわたっていた。私たちは迷夢（めいむ）の脱出口を探るように、くすくす笑いながら歩いていたんだと思う。

間に立つドドンパだけが、私たちのイトナミを、特に何の感想もなく眺めていた。

――ところでですね、私の猫豆知識を聞いてください。二人でやるあやとりのことを、英語でキャッツクレイドル、『猫のゆりかご』というそうです。

——ほほー。では僕も調べてきました。顔つきが猫に似ているネコザメというサメがいます。サザエをかみ砕くのでサザエワリの異名をもってます。あとネコマネドリという鳥は、にゃあと鳴きます。にゃあと鳴くカエルもいます。ネコガエルです。

——ほほう。では私も調べてきました。島津義弘（戦国武将）は文禄の役の際、七匹の猫を従軍させました。猫の目の虹彩の開き方を見て時刻を知った、つまり時計ネコです。二匹は生還しましたが、五匹は名誉の戦死を遂げました（泣）。

——ほほー。それでは僕も。古代エジプトサイス王朝第二代の王で、ネコⅡ世というものがおります。メギドの戦でユダ王ヨシヤを破りました。にゃー！

——ほほう。では西洋の伝承です。猫が身づくろいをすると来客があります。顔を洗うと女の客、背中をこすると男の客が来るのです。女が猫をかわいがると幸せな結婚生活を送れますが、男の場合は結婚できません。ひげを切ると猫はネズミをとらなくなります。中世、悪い病気が流行ると、黒猫をいけにえにしました（泣）。

――僕は結婚できぬかもしれませんね。まあいいか。猫知識はもうありません。

――では犬知識は何かありますか？

――犬も歩けば棒に当たる、ということわざがあります。

――それは知ってます。他にはないですか。

――サティの『犬のためのぶよぶよした真の前奏曲』は素晴らしい曲だと思います。ピアノ曲です。

――ほほう。そういえば私の友だちは、犬にひかれて骨折しました。

――へー。僕は今、驚いて目を丸くしすぎ、一時的に視力が落ちました。

——本当ですよ！　私は疑われたショックで目の前のシャッターが降り、三十秒くらい仮死状態になりました。

——疑ってごめんなさい。犬にひかれた友だちにも、ごめんなさい。犬知識はもうないのでダンゴムシについて語ります。ダンゴムシは行き止まりにあたると、右、左、右、と交互に道を選びます。これは試したことがあるので間違いないです。

——へえー。今度ダンゴムシを見たら試そうと思います。ところで、ウミガラスの一派でオロロン鳥というのがいます。日本では北海道の島で繁殖してます。うるるるーん、って鳴きます。うるるるーん。

——ほほー。北海道といえば、アイヌの言葉で手の指を『テケペッ』といいます。手を握りあうことは『テケルイルイ』。にこにこ笑うことを『ミナミナ』といいます。

——ほほう。テケルイルイ、気に入りました。テケルイルイ。

——ホルンのベル（音の出る部分のことです）は後ろを向いているのですが、どうしてかわかりますか？

——わかりません。ホルンってこんなやつですよね。

——それです。もともとホルン吹きは馬にのって、狩人たちを獲物の方向に先導したのです。だから後ろ向きなんだそうです。

——へー、格好いいですね。それではウロ族の話です。ウロ族は南アメリカ西部、チチカカ湖畔に住んでいます。トトラと呼ばれる葦で浮島を造り、その上に住居を造ります。浮島は住居を載せたまま、湖上を移動できます。これは便利。

——ほほー。我々はウロ仲間ですね。『ウロからカラシかしら？　辛かろう』。

——ん？　何ですか、それは。

——回文です。うろからからしかしらからからかろう（↑）。

——うはー。

——ところでですね、ミツバチの巣の入り口にいる『門番バチ』の一部は、巣を襲おうとする外敵に果敢に攻撃をしかけます。相手はスズメバチだったり、クマだったり、人間だったりします。（続く）

——ははあ。

——巣に近付いた天敵のスズメバチに、ニホンミツバチは一斉に飛びかかります。ミツバチはスクラムを組んで、スズメバチを中心とした直径五センチくらいの蜂球を作ります。蜂球に参加したミツバチは羽を振るわして発熱し、スズメバチを熱殺するのです。（続く）

——ね、熱殺？

——そうです。それ以外では勝てないのですが、蜂球なら確実に熱殺できます。犠牲も多いですが。そして、このように攻撃性の高い一部のミツバチの脳には、『カクゴ（覚悟）』という遺伝子が働いているそうです。（続く）

——ええー（驚）。

——それでですね、『カクゴ』遺伝子の配列は、A型肝炎のウイルスと似ているらしく、彼らはウイルスに感染していると考えられるそうです。門番たちの間では『カクゴ』が感染し合い、流行っていると考えてもいいのでしょうか。（終わり）

——へえー、それはすごい話ですね。するとたとえば、育てる蜂にはヤサシサ・ウイルスとか、働く蜂にはコンジョウ・ウイルスとか、そういうのもあるかもしれないですね。ヤサシサ・ウイルスとかなら、軽く伝染（うつ）ってもいいなあ。

——いいですね。でもそういうのって、ウイルスじゃなくても伝播（でんぱ）していくものかもしれませんね。良い意味でも悪い意味でも。

──うん。そう思います。

──ところでですね、クサムラツカツクリというキジの仲間がオーストラリアにいます。その名のとおり、クサムラにツカをツクリます。ツカは巨大で高さが数メートルになるものもあり、昔は古代の王の墓と間違えられたそうです。

──ほほう。

──オスは枝と葉と砂でツカを作ります。メスはそのツカをチェックして、気に入ると、嫁入りします。そしてツカの中に卵を産むわけです。卵を産んだら、ツカにフタをしてしまいます。

──ははあ。

──葉っぱは発酵して、ツカの中は五十度を超えます。つまりツカは、卵自動温め機なのです。外敵に襲われることもなく安全です。

——凄（すご）い！（驚）

雑学に詳しくなっているうちに、季節は秋になっていた。

夏のうちに失速してしまったヤクルトスワローズは、そのまま再浮上することなくシーズンを終えようとしていたけど、私たちの交信はゆるやかに、けれども確信めいて続いていた。

こうなってくるとアレだった。会ってみたいなと、ありがちなことを私は考えていた。五分（ぶ）だな、と私は思っていた。会ってみて、がっかりするのか、本格的に恋に落ちてしまうのか——。

だけど本当は五分なんかじゃなかった。それはもう始まっているのかもしれない。

私たちは、皿やウロやドドンパを通じて、確かに繋（つな）がっていた。ペンギン狩りをするヒョウアザラシの話なんかをしながら、きっと大切な何かを育（はぐく）んでいた。

私が吹く口笛の旋律は消えゆくのみだけど、居残ったその魂は、朝ここに座る小川君にも届くかもしれない。そういうことを大切にしたいな、などと願ったりすることは、会ったりすることと共存するのだろうか……。

TVアンテナの向いている方向を見れば都心方向がわかるとか、そんな話をしながら、私たち自身はどっちを向いているのか。それはまだわからなかった。

――質問です。世界はどのように始まったのでしょうか？

――なにもなかったのじゃ。コトバで言いあらわせるものはなにも。なーんにもなかったのじゃ。やがて無の底が白くにごり、起こったのは、うずまきみたいなものじゃ。うずは縮んだり、拡がったりしながら、ぐるぐると無ではないものを形成した。それを仮に世界と呼んだところから世界は始まったのじゃ。しかしそれもほんの最近のことじゃ。あくまで仮に世界と呼んでおるということに過ぎんのじゃ。

――ほほう。そうだったんですね。ではですね、自由とは何なのでしょうか。

――雷（かみなり）の日、凧（たこ）上げをして雷の電流を測定してもいい。傘をさしてウロをのぞき込んでもいいし、クマと相撲を取ってもいい。自由とはそういうことではないでしょうか。

——ほほう。では、人生って何なんでしょうか？

——奪われたものを取り戻しにいこう。そう思うことがあります。奪われたものなど何もないのかもしれない。だけど僕に欠けているもの、僕が欲しいもの、それを奪われたものと仮定してみます。奪われたものは取り戻さなければならない、そう考えると何だか奮い立つような気がします。生まれる前、過不足なく全能だった自分。人生とは、生まれ落ちた瞬間なくしたものを、奪還するための長い旅かもしれません。

——凄い。そのとおりかもしれないですね。

◇

テラ・アマタでの仕事は充実していた。

店は私の好きなもので溢れていたし、お客さんもそれらの商品を本当に好きな人が多かった。店長は親切に仕事を教えてくれたし、ときどき経営に関する話を聞かせてくれた。私は彼女と相談しながら、POPを作ったり、陳列方法を工夫したり、少しずつお店に自分の考えを反映していくことができた。

私がテラ・アマタで負わせてもらった小さな責任は、私を少しだけ成長させてくれたと思う。それは私にとって初めて負う種類の責任で、加えるに（都合のいい話かもしれないけど）、決して重責というわけではなかった。おかげで私は多くのことを、楽しみながら学ぶことができた。

だからその話を聞いたときは、少しショックだった。だけどももちろん私の立場はただのアルバイトで、それをどうにかできるわけではなかった。

「お店が閉まることになったの」

と、店長は言った。

「この店は、売上げも良かったんだけどね」

店長は私を夕食に誘ってくれて、そんな話をした。

社長（会ったことはないが、店長の上に社長という人物がいる）の意向で、この店はインポートの洋服店に変わるということだった。何でも社長の念願だった輸入ルートの目処がついたらしい。年内でこの雑貨店を閉めて、年明けに新しい洋服店を開店させる。新しい店は別の人物が店長をして、他に人を雇う予定はないらしい。

その話を聞きながら私は、もう少しだけ、ということを思っていた。

もう少しだけでいいから、今の生活を続けていたかった。いつまでも続かないことだとしても、まだしばらくはこの立場から、世界を見ていたかったのだ。

店長はお酒を飲み、私も少しだけ飲んだ。

雑貨店は別の場所に出店する予定もあるらしく、そうしたらまた声をかけてくれるということだった。だがそれがいつになるかはまだわからない。だからそれよりも……、社長の下で働いてみないか、ということを店長は言った。彼女はそれからまたお酒を飲み、自分の話をしてくれた。

昔、私のようなアルバイトを経て、社長の下で事務のような仕事をするようになったこと。それから海外での買い付けにも付いていくようになり、のちに店を任されるようになったこと。

本社で働いてみないかと、店長は少し酔っているように見えたけど、私をまっすぐに見て言った。

事務をする人間が今でも足らないのに、新規出店となるともっと足らなくなるの。最初はアルバイトからだけど、あなたならそこからきっと何かを見つけられる。私みたいな道を進んでもいいし、そうじゃなくてもいい。社長には私から話をしておくから。

「ありがとうございます」

と、私はお礼を言った。実際それはとてもありがたい話だった。でもだからこそ、ちゃんと考えなければならなかった。

店長は私に期待をしてくれているみたいだった。私はこの人が好きだったから、それはとても嬉しいことだ。だけど、私はそれに応えるだけの情熱を持てるのだろうか。そうでないのなら、甘えるべきじゃない。

「考えます。明日、お返事させてください」

「うん」と、店長は言った。

「一年くらいだけど一緒にいてね、あなたはとっても誠実な人だってわかったの。だからこれからも一緒に仕事がしたいって、私は思ってるの」

潤んだ目で、店長は微笑んだ。やっぱり少し酔っているみたいだった。だけど私はその目を見て、自分が明日どんな返事をするのか、すっかりわかってしまった。

どっちにしても、私はそろそろ情熱なり、ガッツなりを世界に向けて示さなければならない。大まかにでも方向をつけて。ほんの少しずつでも外に。

誠実な営みにはきっと神様が宿る。バカみたいだけど私はそう信じている。そう信じて何が悪いんだろう、と思っている。だってどうせ信じるんだったら、少しはまともなことを信じたいじゃないか――。

多分、私も少し酔っていたんだと思うけど、そんなことがくるくると頭の中を流れていた。

次の日、私は店長に頭を下げた。

「来年からも、よろしくお願いします」

「こちらこそ」と、店長は笑った。

「慣れるまでは大変だと思うけど、大丈夫？」

「はい。がんばります」

勤務上の立場は今と同じだから、特別な面接などは要らないということだった。来年の正月休みが終わったら、とにかく本社に行けばいいらしい。

それよりも、と店長は言った。私たちはカレンダーを見ながら、来年までの日程を確認した。私たちはこれから閉店セールの準備をして、実行して、すっかり店じまいをして本年を終えなければならない。

私たちはセールに向けた商品の打合せをした。そのための仕入れや、他店舗からの取り寄せが必要かもしれない。告知もしなくてはならない。

店長がお店に来ている時間は貴重だった。それから何日かは、昼休みをとることができなかった。

◇

久しぶりの公園だった。

五日ぶりに会ったドドンパが、何だ、来たのか、という顔をした。

やる気がないんなら来なくてもいいんだぞ、という感じにゆっくり近付いてきたドドンパだったが、あんパンを見せると、それとこれとは話が別だという感じに、ぐいっと力強く頭を寄せた。

その茶色いトラ毛を眺めながら、私は考えた。

もう少しだけ、と私が願っていた、もう少しの期間は明確になってしまった。今年いっぱい。あと一ヶ月はここに来ることができる。

もちろん来年になったたって、ドドンパに会うことはできるし、ウロポストをのぞくこともできる。時間を見つけて、電車に乗って、ここまで歩いて来ればいいだけのことだ。だけどそんなことを毎日するわけにはいかなかった。それは私にとって明らかに、正しい振る舞いではなかった。

私はポストをのぞき、彼のウロレターを取りだす。

――昨日、この冬、初めてマフラーをしました。マフラーは上着一・五着分に相当すると思います。少し汗ばみました。

それはいつも通りの優しげなウロレターだった。

こんな交信だっていつまでも続くものだとは思っていなかった。ウロに巣を作るキツキだって、子が育てばそこを出て行くのだ。

いつか終わることだとしても、と思った。

そこから別の新しい何かを始めたいのか、それとも全てを封印したいのか……。

私は早急に策を練るべきだった。策。はじめに策ありき。交信もあと三十日くらいしかできないのだから、急がなくてはならない。私にはもう時間がなかった。

しかしそうは言っても、全てを解決するような、魔法の策があるわけはなかった。それで私はシンプルに、用件を伝える手紙を書くことにした。これはウロレターではなくてただの手紙だ。ウロに願いをかけて投函（とうかん）するところだけが、普通とは違う。

――突然なのですが、来年から職場が変わることになってしまいました。今年いっぱいしかここに来られません。それで相談があるんです。

早足でお店に戻りながら、頭の中に方針ができあがっていった。

『残りの日々、余計なことを考えず、ぽんぽんとウロに直球を放り込む』

考えてみれば私たちがしているのは、ウロを通じた交信だった。相手の出方を窺（うかが）ったり、小技を利（き）かせたりする必要なんて全くない。そんな時間はもうないのだし、だいいち私は今、とても忙しいのだ。

次の日から、私は昼休みの時間を十五分に区切った。大急ぎで買い物をして、大急ぎで公園に駆け込む。ドドンパのために皿に牛乳を注ぎ、ウロポストをのぞく。届いた手紙を素早く読む。

――そうなんですか。さみしくなります。相談というのは何でしょう。

メモ帳を取りだし、私は素早く返事を書いた。

――ひとつの気がかりはドドンパのことです。私が来られなくなっても、大丈夫だと思いますか？

ポストに放り込んで、口笛を吹いた。イトナミのテーマは、始まったばかりの冬の空気に溶けていく。

これからはスピードで勝負しよう、と思っていた。だいたい今まで時間をかけすぎだったのだ。私は家で百科事典を開いて手紙を書いたりしていた。

早足で店に戻り、レジの裏でサンドイッチを食べた。こんなふうに急ぐのが、自分から直球を引きだすための策だった。

閉店セールの準備が整っていくのと一緒に、私たちのシンプルなやりとりは続いた。

何か途中のあたりでは、結構凄いことを書いた気がするけど全然平気だった。私はいつも通り口笛を吹きながら、それらをウロに放り込む。Beat it out！そして Nothing to lose！

あと少しの期間、私はぽんぽんとウロに球を投げ込むだけ。わっしょい。球を投げたら、じゃあね、とドドンパに手を振り、私は店に戻る。私たちの交わしたやりとりは、こんな感じだった。

——栄養的な観点からは、大丈夫だと思います。もともとドドンパは、昼に牛乳は飲んでなかったわけですし。ただ少し寂しがるかもしれませんが。

——私も寂しいです。でもしょうがないですよね。

——そうですね。しょうがないと思います。まあ基本はノラなので、これからもタフに生きていくと思います。大丈夫ですよ。

——そうですね。私もドドンパを見習ってタフに生きようと思います。それからもうひとつ相談があります。

——何でしょうか？

――一度、お会いしませんか。

――はい。僕もぜひ会いたいです。ちょっと緊張しますけど。

――じゃあ年があけたら、お会いしましょう。

――そうですね。どこに行きましょうか？　食事にでも行きましょうか。

――はい。もしかしたら告白とかするかもしれないので、あまり緊張しない感じの店がいいです。

――えぇーっ！　告白するんですか！

――いや、会ってみないとまだわかりません。だって小川君は本当は小学生かもしれないし、猫かもしれないから。

——そ、そうですね。すいません。僕はぼーっとしている場合ではないことに今気付きました。すいません。じゃあですね、こういうのはどうですか。『会う前に一度会ってみる』。会う前に会っておけば、猫じゃないこともわかるし、緊張も薄れますよね。

——いいですね。じゃあ会う前に一度会っておきましょう。

——では、三日後の二時ごろ、公園で待っていてもいいですか？

——わかりました。

——明後日(あさって)ですね。

——そうですね。

——明日(あした)ですね。

――そうですね。

急ぎ足を始めた私に、彼はフル加速で追いついてきてくれた。さすが半年以上も交信を続けただけのことはあって、阿吽の呼吸というか、飛ぶぞこのやろうというか、とにかく追いついてくれた。

私は忙しくその日を終え、あまり何も考えずに次の日を迎えた。

昼休み、ちょっと緊張しながら、私は公園に向かっていた。平気だろうと思っていたけど、さすがにそんなわけにはいかなかった。いつもの場所に男の人がいるのがわかったとき、私の緊張のメーターは振り切れそうになった。

いかんいかんいかん、落ち着け落ち着け落ち着け、と、唱えながら歩いたけどダメだった。震えるほどの緊張に、もうこれ以上歩くことすらできぬ、南無ー、と全てを諦めかけたとき、そこにドドンパがいることに気が付いた。

ドドンパは小川君にまとわりついていた。

あんにゃろうが、と私は思った。そう思ったことで、緊張は少しずつ解けていった。

私はまっすぐそこに近付いていった。ゆっくりこちらに顔を向けた彼に、私は笑顔を作ることができた。

どうも、という感じに、私たちは挨拶を交わす。


――はじめまして。


小川君は何というか普通の人だった。格好いいとモテハヤされることもないだろうが、格好悪いとけなされることもないだろう。しかし、好ましい普通と、そうでない普通があるとすれば前者だった。良い天然パーマと悪い天然パーマがあるとすれば、良い天然パーマだ。

私はその場にしゃがんで、〝gathering〟と書かれた皿に牛乳を注いだ。あれから八ヶ月あまりが経ち、二人と一匹は、ついに同じ場所に〝集合〟したのだ。

私と小川君はドドンパの背中を見つめながら、少しだけ話をした。

彼は普段、この時間帯に寝ているらしかった。夜中にコンビニエンスストアでアルバイトして、朝、家に帰る前にドドンパに餌をやるらしい。餌はコンビニの残り物だけど、一応、栄養バランスも考えるらしい。夕方バイトに行く前に、首都高の下でトランペットを吹いたりしているそうだ。

トランペット……。何か思いだすようなことがあった気がしたけど、何も思いだせなかった。牛乳を飲み終えたドドンパが、私たち二人を不思議そうに見つめる。どうしてお前らが一緒にいるんだ、という感じに。

「もう行かないと」

と、私は言った。

「はい。お仕事がんばってください」

と、小川君は笑った。

私たちは、それじゃあ、と挨拶をして別れた。

早足で店に向かいながら、私は口笛を吹いていた。

最高に会心なイトナミのテーマが、師走（しわす）のどんよりとした空に溶けていく。

あと二週間で今年も終わりだ。もうすぐ閉店セールも始まる。

——昨日はありがとうございました。僕は何だか不思議な気分でした。これにこりず、年明けにまた会ってくださいね。

——ぜんぜんこりてないです。年明けは基本的に告白する方向でいきたいと思いますので、よろしくお願いします。

――ええーっ。本当ですか？

――いや、がんばろうと思ってますが、無理かもしれません。

――じゃあ、僕から告白してもいいですか？

――ああ、それはとても助かります。

――わかりました。告白します。好きです。付き合ってください。

――はい。どうぞ末永くよろしくお願いします。

――ありがとうございます。驚きましたが、こういうことがあってもいいかな、とも思います。年明けは初デートということで、映画に行きましょうか？　僕は一月三日が都合いいです。

――はい、じゃあ三日で。映画ってことは、暗闇でテケルイルイですか。

――テケルイルイは照れますね。ミナミナくらいにしておきますか。

――うるるるーん。

――それ、どういうことですか？

――わかりません。

どうもやっぱり私たちのノリはウロ仲間だった。
今度こそ始まったのだろうか、と私は思った。だけど本当のことを言うと、その疑問は全然しっくりきていなかった。
多分、猫に誘われてウロをのぞき込んだときから、私たちは始まっていた。そうとしか思えなかった。だって本当は告白なんかより、木のウロに手紙を隠すことや、それを見つけ出すことのほうが、ずっと難しいのだ。

始めようと思って始められることなんてないのかもしれない。だけど実際には、それよりちょっと前に、何かは始まっている。

テラ・アマタでは、閉店セールが始まった。

セールは順調で、毎日たくさんのお客さんが来てくれた。今まであまりしゃべったことのない常連さんが、閉店を残念がって声をかけてくれた。それを喜ぶべきか悲しむべきかわからず、少し泣きそうになりながら、ありがとうございます、と笑顔を作った。

セールの三日目、まだ売れずに残っていたメモスタンドを自分で買った。白い陶器製のメモスタンドで、ペーパーウェイトとしても使えるやつだ。

緑の包装紙に赤いテープをかけて、公園に持っていった。それをウロの奥にそっと置き、手紙を添えた。

――メリークリスマス！

クリスマスの空は曇天で、風はなかった。

私たちはこれからどんな付き合いをするのだろう、と思った。

映画に行ったり、コンサートに行ったり、食事をしたり、お酒を飲んだり。手をつないだり、部屋に遊びにいったり、プレゼントを贈りあったり。ドドンパに会いにいったり。そのうちキスをしたりとかもするのだろうか……。

順調に交際が進めばいいな、と私は願う。

いろんな感情を交換して、私たちの恋は育っていく。育って、育って、それはどこに行くのだろう。やがてそれは今とはちょっと違う優しさや幸せに行き着くのだろうか。


――プレゼントありがとうございます。とても嬉しいです。家に帰ってから、ゆっくり開けてみようと思います。そしてごめんなさい。クリスマスとウロが結びつかず、僕は何も用意できませんでした。

――いや、全然気にしないでください。ちなみに私の誕生日は三月十七日です。

——素敵なメモスタンド、ありがとうございました。早速使ってます。まずは藍さんの誕生日を太字でメモしました。

——気に入っていただけたら幸いです。誕生日、楽しみにしてます。

——プレゼントは誕生日の前日までに、ウロに仕込んでおこうと思います。

——そのころ私たちが疎遠になっていても、入れておいてくださいね。

——わかりました。でも疎遠になりたくないです。好きなので。

——まあ！(照)

その日はテラ・アマタの閉店の日で、店長も朝から来てくれていた。私がお昼に公園に行って「まあ！(照)」と書いて戻ってきた以外は、ずっと二人で接客をした。

十二月二十八日、二十時。

私たちはその時間を確認すると、表に行ってOPENの札を外した。それから少し微笑み合って、用意してあったビールで乾杯をした。

お店を出て、終電の時刻までコーヒーショップで話をした。

店長はいつもよりもよくしゃべった。本当はこの店を続けたかったという話。売上げだってそんなに悪くなかったという話。社長ともずいぶん喧嘩したという話。来年からまた一緒にがんばりましょうという話。社長の人柄や、店長と社長が出会ったときの話。

自分が店を作るとしたらこんな店がいい、という話を私がすると、もっともっとイメージしなさい、と店長は言った。どんな場所で、どんな従業員で、どんな商品で、利益はどれくらいか。どんなお客さんが、いつどんなときに店に来て、買ったあと商品はどんなふうに愛されるのか。まずはそれを今の十倍イメージしなさい。

次の日から店の片付けをした。残った商品を梱包し、他店舗や本社に送り、棚や椅子や小物を整理し、処分する。窓拭きや床の掃除もしなくてはならない。

——一月三日は昼ごろに待ち合わせでいいですか？　場所はどこにしましょう。

——じゃあ、十二時にここで待ち合わせましょう。ドドンパにも会いたいので。

——わかりました。当日、楽しみにしてます。もう今年も終わりですね。ウロの手紙も、明日で終わりかと思うと寂しいです。

——そうですね。でも私たちはまた会えるし、ドドンパにもまた会えるし。来年も良い年にしたいです。

三十日の夕方には片付けもすっかり終え、大家さんに挨拶をしに行った。店長は仕事納めのために本社に戻り、私は家に帰ってゆっくりとお風呂につかった。

三十一日。私は公園に行くためだけに、電車に乗った。

——来年が、お互い良い年になりますように！

ウロにはそんな手紙が入っていた。

ドドンパはいつものようにのっそり現れて、ぴちゃぴちゃ牛乳を飲む。飲み終わると、ちら、とこちらを見てゆっくり去っていく。

私は静かに黄色い皿をしまい、ドドンパのために祈った。どうか来年も、飢えたり濡れたりすることなく、健康でいてください——。

久しぶりにベンチに座って、私はサンドイッチを食べた。見渡す公園はいつもに増して静かで、吐く息は白い。

メモ帳を取りだし、考えてみた。私がこの半年くらいに、見つけて、拾いあげることができたもの。受け取ったり、伝えたり、始めようとしたこと。願ったり、かなったり、渡そうとしたもの。繋がることができたもの。そんなことを絵にしようと思っていた。その絵を最後のウロレターにしようと思っていた。

私は短く口笛を吹く。いつかこの旋律を、小川君にトランペットで吹いてもらおう。

茂みを越えて、私はウロに向かう。深くて黒いその穴を見つめ、描き終えた絵をそっと隠す。ありがとう——。単純かもしれないけど、それがその年の最後に、私が思ったことだった。どうもありがとう——。

公園を出て、駅への道を歩いた。今こうしている間にも、世界にはさまざまな営みがあって、私も確かにその一部だ。

そんな一体感をいつもより感じながら、私は歩いた。

本文イラスト・中村　航（小川担当）
宮尾和孝（藍担当及び中村のイラスト指導）

解説　冷静と情熱の間（ではなくて、両立）

長嶋　有

僕の通った北海道室蘭の中学にも、たしかに「班ノート」というシステムがあった。

そして僕の班にも、英語ができて（ほかの勉強もできて）洋楽を聴くKさんという女子がいた。ノートにはお兄さんのことも書かれていた気がする。ほかの女子たちと、ちょっと違った雰囲気があった。

なんだか似ている。似ているどころではない、ソックリじゃないか。「男子五編」の中の「彼女」に！

Kさんは喘息（ぜんそく）もちだった。ときどき授業を休んでいた。喘息の発作が起きると、大量の水を飲まされるのだが、最近は水のかわりにポカリスエットを使うのだそうだ。班ノートにそう書いてあった。

その「知識」ではなく、発作の苦しみの中でも世界の変化を観察している、その平静な眼差（まなざ）しに感じ入ったことを今も覚えている。彼女の長文に対し、僕もむきになって（気をひこうとして）、ノートに「びっしりと文字を埋めた」気がする。携帯電話やメールのない時代ならではの、コミュニケーションへの渇望もあったかもしれない。

Kさんの聴いていた音楽がブリティッシュポップだったかどうかは分からない。札幌（小説では名古屋だが）までコンサートに「遠征」したかどうかも。

とにかく（作中の「彼女」にモデルがいるにせよそうでないにせよ）、これほどのディテールの一致はどうだろう。作者が、その時代の「女子の自意識」を正確に感じ取った証拠だと思う。

男子側の描写で、さらにその正確さは裏付けられる。中村航が「男子五編」で描いてみせた男子たちは、僕の中学時代の姿と寸分たがわない（といっても過言でない）。たしかに、男子の頭の中はアシュラマンやブロディのことだった。そしてたしかに、ポケットの中にはサリンジャーではなくて「輪ゴムとかクリップとかそういうものが」入っていた。

「とかそういうもの」というのは「いかにもどうでもよいもの」であることを歴然と示した言葉だ。それはポケットの持ち主である男子そのものの無価値さも示している。本作において作者は、そんな男子（かつての自分自身でもある）を過剰に卑下するでもなく、青春を称(たた)えるでもなく、慈しみながら同時に突き放してもいる。

その意味で、ここで登場するブルーザー・ブロディは素晴らしいメタファにもなっている。少年たちが憧(あこが)れ近づき、しかし全力で逃げ回るのは「この、魅惑的で恐ろしい」「世界」というものの象徴だ。作者自身の筆致にも――鎖をもって暴れこそしないが――優しさと厳しさの両立（交互ではない、同時性）がある。

大人になって、大勢の男たちが自分自身を回想するとき「プロレスや、漫画の『キン肉マン』に夢中になっていた」という言い方をすることが多いが、それは裸眼でみたときの言葉だ。中村航はちゃんと眼鏡をかけている。だから具体的に、感度の高い固有名詞をすんなりと（オタク的に固執しすぎずに）選び取ってみせた。

表題作「あなたがここにいて欲しい」では、そんな男子の一人の少し成長した姿が描かれる。主成分が「輪ゴムとか」「アシュラマン」だった男子が、目覚ましい成長をみるみる遂げ……はしない。大学でもまだ異性の前で「ぐにゃぐにゃに」なっているし、老象の前でしけた顔で餡パンなんぞ食ってる。

作者が主人公を「くん」づけで呼ぶ小説は珍しい。本来ならば児童文学のやり方だ。カマトトというか、そのかわいげに違和感を抱く読者もいるかもしれない。

だが作者は読者を子ども扱いしたのではない。むしろ文学的に過激な表現だとさえ思う。これくらい、大人を子供として描いてもかまわないという確信が感じられるから。

また、この「くん付け」は読者ではなく、主人公をからかっているのだとも思う。吉田くんは主人公なのに、クライマックスの大事な愛の告白を、彼女にいわされてしまった。「ねじれ告白」の意外なタイミングには、一緒に歩いていた僕もドキッとさせられた（実際には一緒に歩いたのではなく、上から文字を読んでいたのだが）。これは恋愛小説史に残る、素晴らしいシークエンスだ。

……でもきっと、吉田くんは楽屋でちょっとムカついてるだろう。くすくす、ヒロインと一緒に笑っている作者の姿もかすかにみえてくる。

ここに描かれるように、現実の男子も総じて情けないが、例外もいる。もっと早く世界と対峙し、応援していく又野君のような猛者もいて、作者はそういった奴のことも分かっている。

又野君は、学校の勉強は吉田くんに教わるが、本当は頭がいい。「田舎にはヤンキーとファンシーしかない」といった慧眼を披露してみせ、感嘆するのはやはり吉田くんだけではない、読者もだ。

よく「学校の勉強がすべてじゃない」なんて言い方がある。それはやはり裸眼でみた言い方だ。すべてじゃないなら、どうなのか、なにがあるのか。又野君は生身で、ときに歯を折りながら生き方を模索する。頼りない吉田くんも、その軌跡を眺めることでやはり把握しようと努める。又野君がこんなやつだから、ピッチャーとキャッチャー、杵と臼に自然と分かれる（二人で杵をもったら餅がつけない）ように、吉田くんは吉田くんという生き方を選んだのかもしれない、そう思わせるほどに二人はいいコンビだ。

個性は「個」という字を用いるけど、他者との関係でのみ生じる。中村航は「二人組」の描き方が抜群にうまい。どの作品の二人組も魅力的だ。『夏休み』の吉田くんと主人公の関係。『ぐるぐるまわるすべり台』の寡黙なドラマーとベーシスト。本書収録「ハミングライフ」の男女も、出会っていないときから二人は調子付き、個性をはずませている。

ある種の女子の自意識、男子のありよう、二人組の個性を描くということのほか、それらがいる「世界」の心地よさも感じられる。

中村航という作家の特性は、彼に理系の資質があるということだ。ソメイヨシノの開花に関する描写は理系の「知識」だし、素敵な女性がビールを飲むのを「行為」ではなく「現象」だというのは知識ではなくて「理系の感じ方」だ。

作者に子供扱いされている吉田くんも、子供向けの汽車がちゃんと「遮断機をおろした」ところを見逃さないし、「これだけの蔵書を持つ図書の世界」が「シンプルな仕組み」で動くこと、つまり本それ自体だけではない、仕組みが機能することに感心している。又野君のために勉強を教えるときも、彼はただスパルタに猛烈にではなく、きちんと「進度を定め」ている。「不良の友達の勉強に遅くまで付き合った」場面をただ描くだけでも、十分に「いい話」になるだろうが、「進度」のような、むしろ硬い言葉を投入する。カメラの内部構造になぞらえて「僕は回転しているのだろうか?」という自問の言葉もそうだ。ただの悩みの吐露以上の力が宿っている。

作者が小説世界を描く際にも、「進度を定める」ような冷静で正確な判断があっただろう。文学は「感動」とかいう「目にみえない」ものを描くものかもしれないが、文字を連続して書く行為はすこぶる「具体的な」手段なのだ。

そのように理知的に描かれた世界はただ詩的に、叙情的に描かれた小説よりもさらに美しい。理系の厳密さが、機能美を付加するから。

「進度を定める」冷静な手つきと、「どういうことなんだ！」と感嘆符つきで女子に二度も問いかける情熱とが、やはり「両立」していて、独特な小説世界をつむぎだす。

吉田くんは「知が受け継がれる」ことに「胸が熱くなる」が、小説が「世界の臨場感」を受け継ぐことだとしたら、この一見かわいらしい小説集に、僕はおおげさでなく胸が熱くなる。

……最後に余談だが、現実世界でこれを書いている僕は、三十歳を過ぎてKさんと再会した。彼女は班ノートのポカリスエットのことを覚えてなかった。逆に、「私さー、実は＊＊さんと付き合ってたんだー」と、中学時代のディープな恋愛を打ち明けられ、僕はポケットの中身が輪ゴムから携帯電話にかわっただけの、「男子五編」の中学生のままに「ガーン！」とのけぞったのだった。

本書は二〇〇七年、祥伝社から刊行された単行本に加筆・訂正し、文庫化したものです。

あなたがここにいて欲しい

中村 航

平成22年 1月25日 初版発行
令和7年 5月15日 6版発行

発行者●山下直久

発行●株式会社KADOKAWA
〒102-8177 東京都千代田区富士見2-13-3
電話 0570-002-301（ナビダイヤル）

角川文庫 16096

印刷所●株式会社KADOKAWA
製本所●株式会社KADOKAWA

表紙画●和田三造

●お問い合わせ
https://www.kadokawa.co.jp/（「お問い合わせ」へお進みください）
※内容によっては、お答えできない場合があります。
※サポートは日本国内のみとさせていただきます。
※Japanese text only

ISBN978-4-04-394328-9 C0193

◆◆◇

角川文庫発刊に際して

角川源義

第二次世界大戦の敗北は、軍事力の敗北であった以上に、私たちの若い文化力の敗退であった。私たちの文化が戦争に対して如何に無力であり、単なるあだ花に過ぎなかったかを、私たちは身を以て体験し痛感した。西洋近代文化の摂取にとって、明治以後八十年の歳月は決して短かすぎたとは言えない。にもかかわらず、近代文化の伝統を確立し、自由な批判と柔軟な良識に富む文化層として自らを形成することに私たちは失敗して来た。そしてこれは、各層への文化の普及滲透を任務とする出版人の責任でもあった。

一九四五年以来、私たちは再び振出しに戻り、第一歩から踏み出すことを余儀なくされた。これは大きな不幸ではあるが、反面、これまでの混沌・未熟・歪曲の中にあった我が国の文化に秩序と確たる基礎を齎らすためには絶好の機会でもある。角川書店は、このような祖国の文化的危機にあたり、微力をも顧みず再建の礎石たるべき抱負と決意とをもって出発したが、ここに創立以来の念願を果すべく角川文庫を発刊する。これまで刊行されたあらゆる全集叢書文庫類の長所と短所とを検討し、古今東西の不朽の典籍を、良心的編集のもとに、廉価に、そして書架にふさわしい美本として、多くのひとびとに提供しようとする。しかし私たちは徒らに百科全書的な知識のジレッタントを作ることを目的とせず、あくまで祖国の文化に秩序と再建への道を示し、この文庫を角川書店の栄ある事業として、今後永久に継続発展せしめ、学芸と教養との殿堂として大成せんことを期したい。多くの読書子の愛情ある忠言と支持とによって、この希望と抱負とを完遂せしめられんことを願う。

一九四九年五月三日